愿你不被生活辜负

钱饭饭——作品

江苏凤凰文艺出版社
JIANGSU PHOENIX LITERATURE AND ART PUBLISHING, LTD

珍惜梦想，
也要珍惜那个珍惜你梦想的人

遇到爱情前，先遇到最美的自己

目录 CONTENTS

CHAPTER 1

爱情中的遗憾，你释怀了吗？

我走过去，张开手抱住她，告诉她：一样的，一样的，天下爱情哪能尽如人意，过往之人皆为命运的馈赠，怀念便好。

CHAPTER 2

遇到爱情前，先遇到最美的自己

身体发肤受之父母，我们无从挑选，但人生路途久远，我们有大把的时光把自己酝酿成一个香袋……而帅哥，总是闻香识女人的。

C O N T E N T S

CHAPTER 3

珍惜梦想，也要珍惜那个珍惜你梦想的人

拉起她的手，将幸福轻轻地扶上自己坚实的后背，一步一步地向前，无论前路是遥远还是苍茫，我都要陪着她。

CHAPTER 4

婚姻这场修行，你准备好了吗？

就算你是个富豪，也留不住你以为的美好；我更希望，你陪我欣赏岁月斑驳，陪我算计一地鸡毛。

CHAPTER 1

爱情中的遗憾，你释怀了吗？

我走过去，张开手抱住她，告诉她：一样的，一样的，天下爱情哪能尽如人愿，过往之人皆为命运的馈赠，怀念便好。

01

一·一夜春宵

据小伶俐自己说，那是 2007 年，毕业头一个春天的普通一天。

低头边走路边思考的她，无意间抬头正好看到西装革履人模狗样的男朋友笑眯眯看着自己。

二十一层写字楼的玻璃窗洒进来大片大片的阳光，正好落满这个自己深爱的男人肩头。

一瞬间，她很恍惚。

她以为电影里那个片段就要在自己的生活中上演，她以为她的白马王子正要踩着七彩祥云来娶她。

她说这些的时候，我正在她对面，捧着一杯优乐美，愤恨地白了她一眼："靠，说人话。"

“我以为他来求婚！”

“实际上呢？”

小伶俐当即泪眼婆娑，原来，谈了不到一年的男朋友来和她告别，说是暗恋七年的姑娘离婚了，他要陪她去旅行。

我咬着吸管，当即石化。

“穿西装旅行？”

“没有，穿西装是要去机场接那姑娘，他读书的时候，只要有她在的场合，他都穿那件咖啡色西装，方便那姑娘一眼认出他。”小伶俐可怜巴巴地讲述着自己男朋友和别人的美好爱情故事。

“好吧，听起来是个好故事。所以你们和平分手的？他给你讲这些，不怕你撕了他。”我很诧异小伶俐如此大度。

“我送他去的机场。”

我又一次石化。

虽然，北京的四季都被雾霾添上了一股秋天的萧瑟味儿，在那里待久了，再激情的人也难免被入味，可是，热情奔放的小伶俐对待爱人不该这么消极啊。

这就拱手相让了吗？

姑且称呼她男朋友为那男人吧。

那男人带着那姑娘回了山东老家，据说直接带回家见父母了，还据说那父母真就不嫌弃那姑娘离异过，真是四面八方皆大欢喜啊。

再说小伶俐这头。

她跑遍各大旅行社，托爷爷告奶奶，终于等到了那男人和那女人安排了浪漫行程。

等到了就等到了吧，“可是你又把我约出来干吗？”每次就只给我一杯优乐美，却给我讲那么长时间的心情故事，我是真心不乐意。

“给你看样东西。”小伶俐谄媚地说。

好吧好吧，要不是这货是我从小玩到大的邻居，给我一百杯优乐美我也不爱出来听这没有结局的故事。

“什么东西？优乐美？”我没好声地说。

“不是，导游证。”

“我晕，你不是搞金融的吗？多少钱买的？你要干吗？跟着去丽江？”我才恍然大悟，我太了解小伶俐了，哪有那么轻易放男人走的好事，原来是欲擒故纵。

“哈，刚考出来的，新鲜热乎着呢。借给你用用？”小伶俐诡异地笑了。

哎，我又懂了。

“你想让我刚好就带你男人和那姑娘的团？”我嗤之以鼻。

“‘你男人’？！我现在单身！”

“好好，你想让我跟踪别人的男人，说出你的计划，是每天发照片给你还是搅和他们的好事？”我总是太聪明，没办法。

“你小说写多了吧。你就是一写小说的，能不能别听个开头就编好了结尾。麻烦你尊重下人物原型的感受好不？”小伶俐本来就是伶牙俐齿的角儿。

Balabala 一番解释之后，她终于给我讲明白了。

爱旅行的不是那姑娘，而是伶俐爱着的那男人，那男人早在读书时就悄悄考出了导游证，一边赚钱一边云游四方。

伶俐正式成为他的女朋友之后，自学了一身本领。篮球规则烂熟于心，足球明星耳熟能详，啤酒白酒样样喝不倒，本来就是学霸的她考个导游证又有何难。

本来是打算趁那男人带团出去的时候，悄悄地来一个“哦，原来你也在这里”的偶遇桥段，说不定在他乡那男人肯送她一夜春宵呢。

“你说什么？发烧没？想要一夜春宵的话你也说得出口？”我忽然觉得，小伶俐对这个谈了一年的男朋友仿佛谈了十年一般爱得深沉。

“没发烧。他从来没送我这个。”小伶俐低落了。

“纳尼？！”

“真的。”

“……”

那天，我破天荒地喝掉了小伶俐三杯优乐美，没办法，面对这个爱得认真的姑娘，我不忍心心疼我的时间。我能做的唯有陪着她，听她唠唠那过去的爱的故事。

考导游证，大概是她想纪念自己的一场爱的一种形式。我猜，那男人应该没有留给她哪怕一丁点儿的纪念物，不然，她老早就兴奋地讲给我听了。

我以为这个故事就这么理性而平淡地结束了。

有一天夜里，我忽然接到一个陌生男人的电话，说是小伶俐醉倒在马路上，嚷着让我去接。

我九十九个不愿意地从被窝里爬起来，还有一个愿意是我猜打电话给我的就是那男人。

得，去现场看看吧。

去了一看，眼前的场景就再也忘不掉了，除了疑问还是疑问。

那男人左右手一边搂一个姑娘坐在马路牙子上，就等我去了。

经辨认，男人左手搂的穿红色外套发型凌乱的女人应该是小伶俐，这货烂泥般地伏在那男人身上，嘴里嘟囔着：都共进晚餐了怎么就不能共度良宵呢?

我一听完蛋了，这底子丢大发了，想赶紧拽她起来，不料，那男人用眼神制止了我，瞥了一眼他右手搂的女子。

我这才仔细端详了下：那女子一身黑，瘦高，披肩发，正沉沉睡着，靠在那男人的肩膀上。

哦，那男人是示意我动作轻点，别动作太猛吵到了右边女人的美梦。

看到一个男人如此小心地呵护着另一个女人的睡眠，瞬间，我就太明白他们三个的关系了。

小伶俐的处境太可怜了。她的爱情没有走，因为压根就没来过。

我拉起小伶俐，在她耳边低沉并恶狠狠地说：“你闭上嘴。”顺便伸手一摸大腿，超短裙下疑似没穿丝袜，靠，为着良宵准备够充分的。

不过一年而已，至于吗？我开始猜测小伶俐是个征服欲太强的女人。

她之所以对共度良宵的事情耿耿于怀，肯定是感觉自己没拿下那男人。

她醒后，我开始劝她，趁着投入不深，别在里面瞎纠缠了，姐再给你介绍。

小伶俐酒精侵蚀后那深陷的眼窝里，一对本来萌萌的眼睛呆滞浑浊。

“是啊，才一年。”她喃喃说着，忽然抬起头，“你说，我真的不如那姑娘吗？”

我狠狠心：“是的，不如。”

“为什么？哪里不如？”

“在那男人眼里不如。”我其实很希望小伶俐能像刚开始送那男人去机场接那姑娘时豁达洒脱一点，接受现实。

原来，小伶俐没有拿她的导游证混到他们的团，而是等候在机场接机，假装偶遇他们，并且硬生生地拉着疲惫的二人吃了晚饭。

饭间，伶俐大醉，说了很多，而那姑娘始终浅浅笑着，后来刚刚旅行归来的那姑娘竟然睡着在马路牙子上了。

小伶俐说她“竟然”睡着，而我其实明白那姑娘是“安心”睡着，她自然明白自己靠着的男人对自己的情义，所以，对小伶俐的哭闹全然不在乎。

“那女人也奇怪，就这样跟着男朋友的前女友去吃饭？”我问道。

“不奇怪，我们是大学舍友，熟得不能再熟了。”小伶俐幽幽地吐出这么一句。

纳尼？！

我骂了伶俐一句：“再别出去丢人掉底子了。”然后以为他们的故事就这样结束了。

一天，那男人又呼我，要见面谈。好吧，我这对贱耳朵，也想听听那男人的版本。

“我和她准备结婚了。”那男人张口就噎住了我。

“和我说做什么？”我莫名其妙。

“你劝劝伶俐吧，她非要去，说要给我们的婚礼锦上添花。”男人搓着手，很尴尬的样子。

“……”

“你知道，我追上我妻子很不容易，婚礼我想过太多次，生怕出一点点意外，小伶俐那边，毕竟我对不起她，她的个性我怕……”

“怕什么？怕她大闹婚礼？你甩她的时候想过她的感受吗？你心里有别人又为什么和她恋爱呢？”我就像忽然化身正义的使者。

我想起了他们三个在马路牙子的那一幕，那男人为了护住那姑娘安稳的睡眠，不肯起身帮我把烂醉的伶俐塞进出租车。

“饭饭，你是伶俐的闺密，你应该明白，我们虽然恋爱，但我毕竟没有太伤害她，她离开我，还是可以完整地找到她的幸福。”我自然知道他指的什么。

“饭饭，你劝劝伶俐，我不知道她怎么弄到的婚礼地址，阴阳怪气地给我打电话恭喜我，还非要去参加。

“饭饭，我爱那姑娘，从她恋爱分手再到又恋爱结婚，我才死心，和伶俐在一起。她离婚的消息传来，我的心说不出什么感觉，好难受。

“后来，你就知道了，我不能一下子骗三个人。”

好吧，如果我是那姑娘的朋友，一定会猛夸他是个好男人吧，可惜我是伶俐的朋友，我扔下一句：

“没做亏心事，怕什么？！”

走了。

我找到伶俐，骂她：你神经了，非要去人家婚礼干什么？我就不明白了，你跟他那么短的时间，哪至于陷那么深？

劝也劝了，骂也骂了，无奈还是拦不住，那男人的婚礼她非要去。

善良的我只好跟着了。

那时候，是2008年秋天，他们三个人毕业两年了。婚宴上有不少同班同学。

伶俐还算正常，与同学谈笑风生，丝毫不在意座次表上根本没有她的名字。

话说，那男人真的把他们的婚礼办得无比隆重与浪漫。我也忍不住祝福他们了，差点忘记此行是为了看住万一失控的伶俐。

一对新人缓缓走上T台，新郎果然穿着咖啡色西装，多好的纪念，美好得羡煞旁人。

那姑娘异常美丽，笑容温暖，满脸的幸福简直都要溢出来。

大厅响起了好听的男声：

“爱情，不是声音，不是容颜，而是气息，穿过茫茫人海朝你袭来，让你躲闪不及。”

是新郎的声音，我看见小伶俐愣在那里，眼泪吧嗒吧嗒地掉，赶紧过去拉住她的手。

“你干吗？调整下情绪。”

“嗯。我送他的礼物就要出来了。”小伶俐嘤嘤地哭。

这时，背景 LED 大屏幕上出现了一幅图，新娘穿着白色长裙，在镜头前袅袅而立。后面那男人穿着咖啡色西装伸出手来，似要上前拉住。

这是一段关于新郎新娘的纪念片。

里面是那男人写给那女人的大段大段内心独白，伴有不同时间段的那女人的照片。

其实，我只记得其中一段：

“我看到你独自一人走进母校的咖啡厅，也看到你暗自神伤地走出来。我随后进去买了杯咖啡，在满墙的便利贴上找到了你的笔迹。你写着：要娶我的你，在哪里。今天，我要宣告全世界，我在这里，我就在这里，你嫁给我吧。”

完了完了，身边的小伶俐已经泣不成声，她揪着我的衣角：“饭饭，你说，我做的这纪念片算不算惊喜？他干吗不相信我？”

我说：“这就是你送的礼物？你还挺能编的。”

小伶俐说："这不是编的，所有独白都出自他的博客。"

"晕，怎么回事？"他们的故事到底要我石化多少次。

原来，那男人有个不对外开放的博客，用来自己呢喃细语，而太爱他的小伶俐无意间发现了它，发现了里面全是那男人对那姑娘的爱。

新人过来敬酒了，那男人轻轻地说："谢谢你。"

小伶俐紧张地笑了，碰了碰那男人的杯："恭喜你，终于可以和爱的人夜夜春宵了。"

全场石化，只有我悄悄心疼起了小伶俐。

心想，可怜的姑娘，以后的漫漫长夜，你只有靠想象着别人的你侬我侬，煎熬着入睡了。

我问她："你发现那男人的博客多久了？"

她丢给我一样东西，说："和它一样久。"

是她的导游证。

我打开一看，发证日期 2003 年 10 月。

那个时间——

正是他们的大二，小伶俐和那姑娘正是舍友，没有人知道那男人正悄悄爱着那姑娘，也没有人知道小伶俐正悄悄爱着那男人。

我也终于知道，小伶俐和那男人的恋爱并不是只有一年，小伶俐之前已经独自一人将它进行了四年。

好吧。

这世上总有时间换不来的东西。

就像小伶俐的那五年青春年华也没能换来和挚爱男人的一夜春宵。

02 三暖的短信

如果说还存在那么一件事惊艳过三暖的青春，一定是陀螺离校前神一样的群发短信。

那晚，武汉的六月末似流火般炎热，我们宿舍六个傻妞齐了五个。

据说三暖一个人跑去吃永和豆浆了。

我们收拾着行李聊着天，唏嘘着三暖的慢半拍，这个姑娘永远都让别人着急。

这时，手机齐刷刷地滴答起来，五媚麻溜地抓起手机。

“啊？”

“怎么了？”

“没，没什么。”

二妞也赶紧去看手机，说：“啊？什么没什么，难道咱俩收的是一样的？”

错，我们五个收到的是一样的。

五媚以为是陀螺发错了，本不想张扬，而实际上陀螺是群发给我们的。

这货一定看过美剧《绯闻女孩》，想在毕业前的最后一晚火一把。

陀螺的短信是这样的，我猜我们五个中的任何一个在五年后的今天依然能把它一字不漏地背出来：

“三暖，今天的天气不错。哦，不是武汉，是烟台天气不错。我终于签了，在你的城市。刚吃完你常常提起的大虾，剥出肉好难，以后你还是不要剥了，你性子慢，我来剥吧。呵呵。”

我晕。

我们这些个独立自强的女人虽然坚强，但是站在毕业的十字路口，未来的不确定性早已经让我们将无奈无助无望等各种消极情绪化成一嘴一嘴的溃疡。

陀螺的这条群发短信无疑给在爱情战场上摸爬滚打那么久却始终一无所获的我们五个女人的溃疡上又撒上了一把盐。

要知道，三暖是我们宿舍唯一一个始终没人追没人暗恋没有约会过的女人。

哦，不，三暖有人暗恋，陀螺的这条短信已经宣告了全世界他对三暖平凡而有力量的爱。

爱。

你一定以为陀螺是个不起眼的小胖子，缺乏闪光点的小男生，所以爱上了不起眼的三暖。

原谅我，三暖，日记里的你必须属实，在很多女人眼里，你确实不起眼。人堆里的你不温不火慢条斯理优柔寡断，还有一点小磨叽。

那时候，读完短信，我有些惊讶，因为陀螺之所以叫陀螺并不是因为他胖，相反他又高又帅又聪明，叫他陀螺是因为他努力到了闲不下来的程度——

研究生会主席、本校自家本科教材主编、安徽某城市绿色环保材料推广计划的主要参与人员、本专业跨国大公司争着要签的红人。

我们五个目瞪口呆，怪不得三暖不着急收拾行李，八成是等着情郎一起归来比翼双飞吧。

五媚当即酸溜溜地给三暖去了电话："收到短信了吧，我们也都收到了，哎哟你，藏得够深哦。"

那是 2009 年 6 月末。直到 2010 年群发短信纪念日的时候，三暖才在我们舍友群里交代了当时的情况。

她看完短信挂了五媚的电话后，狼吞虎咽地扒拉完永和豆浆的套餐，匆忙赶回宿舍。

三暖说平时慢吞吞的自己那一天一溜烟小跑地往回跑，半路遇见同班另一个男生喊住她："出什么事了，三暖？你怎么那么着急，脸上还有米饭。"

脸上还有米饭，该死的脸上还有米饭。

三暖立刻停住，是呀，我跑什么啊，跑回宿舍又怎么样呢？

"姐妹们，你们知道吗？那个男同学喊住我告诉我脸上还有米饭的时候，我看到武汉的晚霞那么低那么低，像要把我压进尘埃里。你们知道那种感觉吗？"

2010 年 6 月底，陀螺群发短信的纪念日，我在屏幕这端盯着三暖的话，忽然明白了当时三暖为什么跑，为什么狼狈，又为什么拒绝了陀螺。

三暖说："陀螺的表白是做再多梦也梦不到的梦境，太遥远太不真实了。"

是呀，我理解三暖，虽然在我的定义里爱情就是一种仰慕，但也应该是相互仰慕。

那时的三暖固执地认为她和陀螺无法产生势均力敌的爱。

三暖少有地果断。她沉默着拒绝了。

哎!

短信的故事惊艳了三暖的硕士生涯句点。

三暖的拒绝也改写了本来应该皆大欢喜的结局。

是的，这不是灰姑娘和白马王子从此过上了幸福生活的故事。

时针它不停在转动。

每个人都没有在驻足。

在这期间——

大甲在破釜沉舟等待绝地反击;

二妞嫁了一个淘宝模式的男人;

五媚已经书写了很多传奇故事;

女主角三暖，依然静悄悄地零约会。

我们偶尔还会唏嘘，陀螺，神一样的存在，神一样的群发短信，寥寥几句，字字暖心。

然而，生活的精彩之处永远在我们的意料之外，就在我们宿舍所有人认为不在一起也罢，陀螺和三暖都会找到和自己频度相合的另一半的时候，才终于差不多迎来了这个短信故事的真正结局。

时光啊时光，你的珍贵之处在于慢慢地给出真相，你一定也是真不舍得这么美的真心就这样随时间消失了。

2009 年夏天，三暖毕业反而没有回烟台。

2010年夏天，三暖说她被销售岗磨得伶牙俐齿天下无敌。

2011年夏天，三暖成为某不知名外企北方销售总监驻扎回了烟台，离父母很近。

在我和宫先生的婚礼上，所有人都期待着三暖和陀螺的重逢。

三暖化了精致的妆，带着暖洋洋的笑容，主动坐在了陀螺的身旁。

他们果然开始寒暄着问好，小心地交谈，还有小心翼翼躲闪彼此的目光。

据说，散席后，他俩一起走了。

当夜，三暖找到住在酒店的一帮舍友。

这个曾经的慢性子斯文姑娘也第一次在她们面前失控到泪如雨下，因为那时候正是我的新婚夜，所以我错过了第一手现场。

据口头报道，事情是这样的。

三暖主动开口问："有女朋友了吗？我回烟台了，当年的话还作数吗？"

陀螺微愣。

"哦，哦，有女朋友了。三暖，我一直都没有失去过你的消息。看到你那么努力那么出色，看你更新的微博微信，我竟然一点点地找不到了你上学时的模样。呵呵。"

陀螺说了很多很多的话，包括开学第一眼看到三暖暖洋洋的笑容便瞬间沦陷，包括时不时出现在我们宿舍帮各种忙，包括自己的闲不下来是想有足够的能力和三暖走在一个城市，还包括自己莫名其妙的不敢和三暖表白的情绪。

他生怕打扰了三暖的平静，这种平静曾经给予了他无限力量。

2009 年夏天，陀螺兴冲冲地在烟台开始工作，却发现三暖不在。

2010 年夏天，他听着陈奕迅的《圣诞结》，拼命地拉扯情感与工作。

2011 年夏天，他一回头，发现身后站了一姑娘，温婉可人、笑靥如花。

那姑娘不是三暖，却在他身边走过三个春夏秋冬了。

文学青年五媚用一句话总结了三暖的这场无果之缘：爱你的时候，你胆怯了；你想爱的时候，对不起，你从来没有参与到我的生活中。

多么残酷的字眼——参与。

对哦，爱是参与。

怪不得二妞冷酷地骂三暖："你哭什么哭，痛苦？你和陀螺吃过哪怕一次饭吗？压过一次马路吗？牵过一次手吗？没事哈，你以为你很痛苦，其实没事的，你本来就和陀螺的生活无关。我和大奋同居了那么久，现在不也忘光光吗？"

故事结束了。生活还在继续。

03

一 · 再见初恋

以前，我总觉得准妈妈是这世上最淡定温情的生物，她们祥和安然地等待着延续夫妻二人血脉的小生命的降临。

直到误打误撞走进了一位准妈妈的初恋隧道，顺着故事，看到的那个青年，揭开的那个真相，都让人唏嘘不已。

我才明白，准妈妈的怀胎十月，是姑娘们最后的放肆光阴。因为，姑娘们的孩子一旦出生，她们对过去的那种缅怀与回忆就再也不可像从前一样汹涌澎湃。

她们的青春也随之戛然而止。

（1）

那天，我到单位迟到了，慌里慌张地上楼，迎面撞上同样慌里慌张下楼的同事，我还踩了她的脚。

没等我的对不起出口，她已经快速嚷着“没事没事”，拨开我，一副要夺路而逃的样子。

她是我隔壁办公室的姑娘，有淡淡的笑容，已经怀孕七八个月，肚子比其他同月份的孕妇看起来大很多。在这里就唤她小二姑娘吧。

因极少见她如此不淡定，我忍不住提醒了一句：慢点慢点。

小二姑娘却突然停下来，四处张望了一下，然后跑进传达室，拿起一块抹布，蹲了下去。我明白了，刚才我踩到她的脚，一定弄脏了她的鞋子，她想擦一擦。

她笨拙地蹲下去，试图擦拭自己的鞋，但她变换了各种姿势，始终够不到鞋子。我赶紧过去，说：对不起对不起，我帮你。

我俯下身去，却发现有大滴大滴的泪水滴落在地上。我奇怪地抬头看她，她没有掩饰，满眼含泪地看着我，说：饭饭姐，算了，不擦了，你看我现在这个样子，这么胖，衣服这么凑合，鞋子也……唉，擦不擦不重要了。

我顺着她的眼神朝门外看去，一个远远看去很高大帅气的男人正在门外等候，眼睛盯着手机。小二姑娘动情地伏在我的肩膀低声抽泣起来，说：我不出去见他了……

我眼见她发了微信出去：对不起，我不在单位。

她告诉我，六年了，物是人非。

（2）

小二姑娘喜欢读书是出了名的，每周顺丰都会给她送去一本包装精致的书。

我经常到她的办公室串门，别的同事喝茶聊天，她就微微笑着，好好听着，偶尔说几句话。更多时候，她会手捧一本书看。

那天，小二姑娘拉开她办公桌的所有抽屉，整整齐齐满满当当的全都是书。她说：我的青春，除了记忆，全是它们。这些书，都是作者的亲笔签名书，可惜我没有那么多时间看完。

门口徘徊等待着的那位青年是小二姑娘的初恋。他跑遍了大大小小的作家签售会为她签了这些书，再寄过来。

小二姑娘说这些的时候，低头抚摸着隆起的肚子，再次流下眼泪。

我走过去，张开手抱住她，告诉她：一样的，一样的，天下爱情哪能尽如人愿，过往之人皆为命运的馈赠，怀念便好。

小二姑娘不再说话，拿起一本敬一丹的《我遇到你》，她说：饭饭姐，送给你。

我不要。

她非让我收下，说：是他买重了的。估计也是工作忙脑子太乱，这本书寄过一本都不记得了。

（3）

文艺女青年大多是低调而内敛的，小二姑娘和她们一样，内心虽倔强，却屈服在妈妈的威严之下。

她报了妈妈理想中的大学，理想中的专业，去了妈妈理想中的城市，毕业后，又听从妈妈的意见，抱上了铁饭碗。

她人生中唯一件逆过妈妈的事便是初恋。

她妈妈的意思是工作后再谈恋爱，贤良淑德的女子必须讲究从一而终。

小二姑娘背着妈妈在大学就恋爱了，她也是想从一而终的，自己相中的那位青年高大帅气，才华横溢，他们相识在文学社，有一个共同的关于写作的梦想。

六年前，俩人大学毕业的时候，主动将地下恋情转为地上，想得到家长们的祝福，却意外地被分了手。

“很俗套的。”小二姑娘很不好意思地对我说，“他的妈妈觉得我太弱不禁风了，我的妈妈觉得他太没有上进心了。”

还有，双方家长都觉得，读书、写作是天马行空，是投机取巧，是不务正业。

我仿佛亲眼看到了那一幕，两个刚出校园对一切懵懂的大学生，被家长们的一席话，将梦想和爱情击打得粉碎。

（4）

小二姑娘还没有讲完她的故事，就回家保胎去了。

她老公是本地的一名公务员，身材敦实、憨态可掬。小二姑娘把他介绍给我认识的时候，自己的脸先微微红了。

我拥抱了小二姑娘，请她保重身体，请她放心我理解她心底对初恋的怀念，请她相信我会闭口不提。

我真心这样想：小二姑娘，这样也好，有一位刻骨铭心的恋人曾经来过，又有一位温暖贴心的丈夫陪伴你老去，你并没有什么遗憾了。

后来，我在闲暇时光翻开那本小二姑娘送给我的书。翻开之后我才惊觉，原来，书里面另有玄机。

刚巧，小二姑娘的老公群发了消息：剖腹产九斤一两，母子平安。

我以手抚书，感动得热泪盈眶，小二姑娘当妈妈了。

那时，我自己的儿子已经接近一岁，我深知，在一位母亲的心里，初恋再难以忘怀，终究也是件小事。

我将书放了起来，打算等小二姑娘休完产假来上班的时候再拿出来给她。

我猜，到那时候，她已经不会再想给我讲关于过去初恋的故事，而是会迫不及待地想给我讲她儿子的故事。

没有想到，之后的某天，我在单位门口再次见到了那位为了小二姑娘在门口徘徊的青年。

我以为他见不到小二姑娘，便会离开。可是，五天过去了，他还在那里。

我走过去问他：你好，你在这里，有什么事么？

他微微一笑以示友好，说：没事，没事，我等人。

我说：是等小二姑娘么？

他错愕。

（5）

六年前，2009 年，他们刚毕业的那个夏天，这名文艺男青年怀抱着他那颗敏感脆弱的自尊心，留下一句“早晚会让你们刮目相看”，就倔强地离开了小二姑娘。

一连几年他一个人闷头努力，闷头赚钱，根本不想理会除钱之外的这个社会的一切东西，他甚至把两个人共有的爱好丢在一边，不再读书。

直到，2011 年文章和白百何主演的电影《失恋 33 天》上映。

他看哭了，台词写得真好。这些年，他就是与他那可怜的自尊心如影随形，他还是会想起小二姑娘的妈妈质问他，拿什么买房买车，拿什么养活她的女儿。

他说："电影看完之后，我开始不停地跑作家签售会，买畅销书，买小说买散文，买小二姑娘喜欢看的一切，我在告诉她，我依然热爱写字，热爱她。"

我坐在青年对面，听着青年说出这段在心里憋了很久的话，感动了。我能真切地触摸到这个青年在爱情面前曾经那种无奈的挫败感无力感，亦能真实地想象在那些没有小二姑娘的日子里他靠着回忆和希望在与世俗抗争的情景。

我说：你不该放弃写作的。那不是爱好，那是你们爱情的图腾。

青年有些幻灭地说：可惜，小二姑娘嫁人了。

"我最怕的事情就是失去她的消息，她的近况我只能道听途说，但有些消息还是滞后了，比如她怀孕的时候我才得知她结婚了。"

我说：是有点滞后，她刚生了孩子，正在家休产假，你在楼下等也白等。

青年的眼睛放出温柔的光芒：生了？孩子叫什么？

我说不知道，我没有说应该不会是之前你们恋爱时幻想有了孩子想叫的那个名字。

青年开始给我讲故事，讲那个很俗套但是很励志的故事。比如他离开小二姑娘的这6年所吃的苦，藏的痛，得的经验……

我问他：能大致讲讲自己的现状么？

他说：还好还好，做销售总监，物质基础有了，可是究竟能不能让小二姑娘的妈妈刮目相看，难说。

“不过，”他苦笑一下，“不重要了。”

临告别，我掏出了那本《我遇见你》，虽然用了敬一丹那本书的书皮，里面的内容实际上是小二姑娘和青年的回忆录，点点滴滴记录了小二姑娘和青年的恋爱时光。

青年说，这是从他们两个人合写的新浪博客里摘录的内容，本来想送给老了以后的自己……混好以后，他曾想用这本书挽回小二姑娘的爱……

青年感到好奇书为什么会在我这里。

我说：小二姑娘根本没有打开看，她误以为你只是买重复了而已。

（6）

相比小二姑娘的初恋青年，我更喜欢小二姑娘老公的版本。

那天，我们单位的几个好友去了小二姑娘家，看她和孩子。她说奶水很好，宝宝很乖。

她老公送我们出门，她们开玩笑说：你把你老婆孩子养得真好，小二姑娘孕期胖了得有60斤吧，大胖儿子也不小。

小二姑娘的老公憨憨地笑，告诉我们，当初丈母娘不同意他们的婚事，扯着嗓子问他，拿什么买房买车，拿什么养活她的女儿，他当时可是做了保证的。

好一句“我是做了保证的”。

小二姑娘并没有时间将她和初恋男友的故事给我讲完，但是我知道时间和命运推着她走过的那些时光，不无道理。

你看，她的现任老公也是知冷知热，爱她如此。

那天，我回到单位捧着记录着小二姑娘和初恋青年一幕幕往事的书，不忍心读下去，那里面是别人的爱，更是别人的秘密。

(7)

很快，小二姑娘休完产假，神采奕奕地回来上班了。

短暂的寒暄之后，我把她当时随手送我的那本《我遇见你》还给她，并告诉她，读读吧，意义非凡。

小二姑娘随手翻了翻，立马发现了玄机。

她眼眶红了红，却又合上书，把涌上来的情绪统统压了回去，走到窗前，看向那个青年曾经徘徊过的地方。

转而问我道：饭饭姐，我家宝宝特爱吃奶，我老怕他吃撑……说完，自己先笑了。

我长长舒了一口气，还好，我没有擅自做主把这本书藏在我这里；还好，我没有武断地认为文艺青年和小二姑娘走不出有始无终的初恋爱；还好，她理性地接受了关于青春的最好缅怀方式。

半个月前，小二姑娘的那位青年临走时，我问过他，这书最后要不要给小二姑娘。

青年说：算了吧，留着你自己看看吧，饭姐。

我说：我没有看，那是属于你们的感情和秘密。

青年说：看看吧，就当你是我们那场初恋的见证人，证明它，真实存在过。

（8）

后来，小二姑娘告诉我，她的妈妈并不是尖酸刻薄，她只是太疼她了。

小二姑娘从小失去了爸爸，是妈妈一个人把她带大的，妈妈对她的爱太深沉，她必须照单全收。

她的妈妈对初恋青年和老公都吼过：“你拿什么养我的女儿？”

初恋青年转身走了，小二姑娘原地等了整整四年，直到有一个矮个子男人倚在她家门框上说：

阿姨，我会做饭，红烧肉、蒸馒头，难的简单的我都会，养活她，并不需要多少钱，关键是我愿意养。

小二妈妈热泪盈眶地说：嗯啊嗯啊，有道理，有道理，有道理啊。

就这样，小二的妈妈在亲手摧毁了女儿的初恋之后又亲手为女儿选择了婚姻。

我说：后悔么？

小二姑娘说：我只是后悔，放走初恋的时候，连写作梦想一起放走了。

（9）

小二姑娘给那本特制的书重新包了整整齐齐的书皮，起上了新的名字：

《我和你的最后一程》。

04 —— · 人民币的爱情

（1）

我和李强的爱情是从路边的羊肉串开始的。

那天，特别饿，海边的大风吹来好香的孜然的味道，我说：“老板我要五串羊肉串。”老板递给我五串，我一嘴咬下去，被辣椒呛得咳嗽起来。

李强在我身边嘎嘎地笑了起来：“你抢什么啊，那是我的，贼辣贼辣滴。”

我愣神的工夫，李强已经从我手里接过去串，丝毫不拿自己当外人，在我刚刚撕啃过的地方，下嘴吃起来，任凭我吃惊的嘴巴张成 O 形。

我战战兢兢地拿过属于自己的那五串，问：“我吃了你的，我的这份要不要分你一串？”

李强说：“不用啊。男孩子都不嫌弃女孩子，但是女孩子可以嫌弃男孩子，更何况我吃相这么粗鲁，保不准留下了多少口水。”

我看着他贼笑并憨傻的样子，心里竟然生出一分不嫌弃……

但是，我还是说：“也是也是。”然后两人都觉得这话接得太那啥，对视一眼，放肆地笑了起来。

好感就这么来了。

在青岛的夏夜，伴着凉爽的风，我抬头看天空，有一轮圆圆的月亮正光明正大地盯着我俩的初次邂逅。

很多年后，我辗转过青岛很多的街道角落，竟然，再也没见到如那天一般清澈的明月。

那天李强说：“你看月亮干吗啊，老那么仰着头不累么？”

我还是仰着头，怕被只是第一次见面的男生看穿我得意的微笑，我说：“你懂什么啊，当然不累。”

余光看到李强微微一愣，接着用低沉而婉转的男低音说：“啊！明月几时有，千里共婵娟。啊……”

语气语调搭配当时那个气氛特别滑稽。

我一口矿泉水喷出来，被他的冷幽默逗得大笑起来，倒在沙滩上打着滚笑，笑着笑着就哭了，哭着哭着就出声了。

是啊，我失恋了，得哭一哭啊。

李强已然被我的举动吓傻了，一个劲儿地解释："姑娘，姑娘，别害怕，我这不是流氓，真不是流氓，是幽默啊。"

……

后来，我居然和他分着吃了最后的那串贼辣贼辣的羊肉串，辣到挤眼咋舌一脸鬼相，他傻乎乎地递过来他已经喝过的矿泉水，说："多喝水多喝水。"

这会儿不怕我嫌弃他啦？我想，这么傻的男人，又这么能吃，估计不招什么桃花吧。

李强大我一级，刚刚读大四，那天正从海边的写字楼里面完试，据说感觉没什么戏，来辣一辣，找找刺激。

而我是同第一任男朋友分手，独自一人出来散心的。后来，意料之中的，我们在一起了。

李强的草根式幽默从此伴随着我的青春长达五年之久。

五年啊，一个女孩子有几个五年；五年啊，很久很久了好不好，久到我的记忆已经覆盖掉曾经让我刻骨铭心的很多点点滴滴的情节。

那些如今还记得的，想必是一生都难以忘怀了。

（2）

我们吃过最多的便是羊肉串。

那时候在学校门口通往宿舍的路上，总有一个新疆小伙子卖羊肉串，烟火缭绕，香气扑鼻。

通往宿舍其实有两条路，路过羊肉串摊的这一条，其实算是远的，可是李强总是爱走这一条。

有喜事儿的时候，比如我没挂科，他没被面试官白眼，我逃课没被点名，他的舍友还没签工作……

有坏事儿的时候，比如我俩吵架了，他撒谎了，我看好的新裙子被舍友买了，他被面试官当面拒绝了……

后来，有事儿没事儿的时候，今天天气不错啊，今天怎么下雨了，今天英语老师笑容好多，今天时间还够……

李强都会拉着我走那条路，就为了路过羊肉串摊，听新疆小伙子吹一口悠扬的口哨，然后再不知道为啥莫名其妙的理由，不得不去买串吃。

通常，我们会点上五块钱的羊肉串。八串贼辣的肉，送一个撒满孜然的小烧饼。

最欢乐的时光，就是被串辣到说不出话，两个人争抢着吃小烧饼，你一口我一口，却都不舍得吃，只咬一小口。

所以，串很快就吃完了，而烧饼却仿佛永远都吃不完的样子。

吃串仿佛成了我们的恋爱中约定俗成的节目，一天五块，一个月一百五，而那时候我的生活费一个月才四百。

那时候觉得吃串很奢侈，可现在却觉得，奢侈的不是串，而是两个人谁都不舍得吃烧饼的爱情。

李强就问过我一次，他问:“你以前不是不吃辣椒么，为啥和我在一起之后，总是点贼辣贼辣的。爱我也不用这样迎合我吧。”

我说:“你这就不懂了，一见钟情总是不及一见如故来得长远的。我本来就是辣大的好不，你看你看我的皮肤，滑滑的弹弹的，典型的南方辣妹的水灵劲儿啊。你说，我怎么可能不爱辣。”

辣到李强毕业的那天，我才知道恋爱除了甜和辣，还有酸，鼻子一酸，眼泪就掉下来了。

我第一次将满面愁容带到了他面前，说:“这可怎么办啊，你毕业了，工作了，我还在读书，没人接我下晚自习，没人给我点羊肉串，没人傻缺来陪衬我的漂亮。”

李强说:“傻啊你，非得吃串啊，在淘宝给你定了一箱的辣牛肉干，断不了你的粮。”我笑起来，看来我的担心是多余的，李强并不打算和我毕业就分手的。

那我也好好处吧，毕竟，我是一个依赖心特强的姑娘，自从和上任分手后，就一直恍恍惚惚，总感觉周围冷冷清清的，害怕。

而李强把未来计划得特别妥当，他说：“你先考个研，我就算了，大男人还是去卖空调吧。毕竟我是学电气工程的。”

我说：“那你应该去卖电线啊。”

他说：“也是也是。”我们又哈哈大笑。

那时候，两个人的对话，就像找工作不对口一样，根本彼此不搭茬，可只要发出音来，总能直达另一个的内心，贴心无比。

李强从不食言，他离开后，我先是收到了一个超大号零食盒子，接着就收到一箱箱的辣牛肉干，一茬接一茬，从来没有断过。

（3）

他最终还是没能留在青岛，而是回到他家乡的一个企业，暂时就业了。

我们见面的机会很少了，但异地恋丝毫未影响我们的热情，我的生活费和他的工资大把大把地贡献给了长途汽车和绿皮火车。是的，那时候还有绿皮火车。

大四，是传说中的分手季，我看着身边无数曾经爱得死去活来的情侣随着毕业而分道扬镳，有的挥泪抱别，有的撕逼一场，更有的舞刀弄枪、老死不相往来。

有一次，舍友和谈了四年的男朋友分手了，在宿舍又哭又笑，我什么话也不敢说，什么都不敢接茬，生怕听到一些无关紧要的人给我一些特“忠言逆耳”的点拨：“你们也危险啊，不在一个地方感情总会慢慢淡下来的。”

我吃牛肉干吃到撑爆，然后在失眠的深夜打电话给李强，哭：“我不要吃什么牛肉干，我要一个活生生的人，陪我吃贼辣贼辣的羊肉串。”

那个周末，我在睡眼惺忪中收到李强的短信：“睡醒就到楼下来。”

我忙不迭地穿好衣服赶到楼下，看到胡子拉碴赶了一夜火车的李强，忽然感到特别内疚。

特别特别内疚，他在校园陪了我整整一个周末，数次路过那个新疆青年的羊肉串摊，数次听到熟悉的口哨声，仿佛都在邀请我们：“来五块钱的吧，八串肉串一个火烧。”

李强充耳不闻，临他赶火车的那天傍晚，再次路过，我终于忍不住噘起了嘴，我说：“去，买去。”

李强说：“早就不吃辣了，明天还得应酬喝酒呢，怎么能吃辣？”

我说，你矫情，他说，才不矫情。

闷闷不乐地送他上了公交，自己赌气发疯一般地跑到羊肉串摊，拉开皮夹，刚想痛快地来个几十串，却赫然发现鼓囊囊的钱夹里整整齐齐一叠人民币。

一个月四百块生活费的我，看到那摞明晃晃的人民币，很是吃惊，特别吃惊，我数了数，足足两千，他一个月的工资。

我带着哭腔打电话给他：“你这个月吃啥？”

他说：“上个月还有结余。”

从那，我再也没有矫情过，羊肉串算个屁啊，根本就不是什么图腾，不过就是我们初识时的手段，它根本就不重要。

这一年，我和李强是异地恋，陆陆续续地见了总共五面，有时候时间长些，有时候时间短些，频率总是不一样的，但，一样的是：

我每次见完他，拉开皮夹，都是满满的一叠人民币。

（4）

我毕业了，考研失利，也没有签工作，父母着急地命令我在毕业当天立刻回家商量对策。

我变卖了所有的被褥、课本和不穿的衣服，仅仅拿着一个旅行袋就回家了，光零食盒子就占了那个袋子的四分之一，里面塞了满满的牛肉干。

不知道为何，我总觉得那是李强对我的爱，越嚼越有味。

我都打算好了，奔赴他的家乡，并且，是时候把这段地下恋情向父母公开了。

意料之中，我遭遇了父母的强烈反对，我妈说："你必须留在青岛，哪里也不准去。"

我懦弱惯了，没有当面反驳妈妈。

静静地退回房间买了去李强家乡的车票，啥也没带，背着一个包就走了，到了后给妈妈打了个电话："妈，我先在这边找找工作试试看。"

没想到，我妈异常震怒，河东狮吼般的声音从手机里传出来，连本来一脸喜悦的李强都顿时脸色煞白。

我劝他，没关系啊，没有哪个妈不疼女儿，她会妥协的。

李强沉默着没有说话，我们俩各怀心事地吃了一顿火锅，点了好几盘的羊肉卷，加上凉凉的啤酒，我都快吃吐了。

愉快的两天之后，我听了李强的话，坐上返家的车，他说："就听你父母的，你先去上班吧，我们慢慢想办法，你过来，或者我过去，反正我们是要在一起的。"

李强把我送上车，我坐稳后，收到他的短信：

"每次带你在拥挤的人潮中穿行，总觉得身边三千同性尽是情敌。"

我鼻子一酸，拉开钱包，看到红色的票子，依旧那么熟悉的一叠票子，我回：

"傻瓜，每次见完你拉开皮夹都是满满一叠人民币，总觉得这个月你又吃不好。"

他回复道：

“一看你就没心眼，不知道掀开我的褥子看看，下面铺了满满一席子人民币，我每天躺在上面睡觉呢。”

我说：“那等我一起去睡吧。”

他说：“嗯，反正不能让你没钱花。”

（5）

回家后，我先是表态：“不是给我找到工作了么，啥时候报到呢？”

我妈很开心，夸我终于想通啦。

她说，只有我这么一个女儿，不敢想象一年只能见两面的未来，希望我能理解她。

我还是没有当面反驳，我安安稳稳地上了一个月的班，李强就准备充分地登门了。

尽管父母是反对的，但是还是热情地招待了他，甚至没有提过我们的感情，没有当面说我们是不合适的。

那天，我特别感谢我爸妈，也第一次觉得他们也很无助，但是沉浸在恋爱中的我，依旧觉得李强是这个世界上最好的男人，绝不更换。

他回去后，我同爸爸妈妈进行了一次推心置腹的谈话。无论他们扯什么理由，无论他们多么动之以情晓之以理，我都只有一句话：“每次我见完他，下飞机拉开皮夹，都是满满的一叠人民币。”

我妈先是一愣，然后哇地就哭了：“闺女对不起，没有富养你，让你这么爱财，一个钱包能盛多少啊，三千？五千？你远远不止这个价啊。”

我说：“妈，当年，爸爸用了一个月的工资请你吃了一碗海参的故事，你给我讲了三千八百遍。我知道故事里的你并不是爱财吧？！”

我妈沉默了。

我爸叛变了，沉思良久，对我妈说：“我同意他们交往，李强可以来青岛。”

就这样，谈恋爱的第三年，我和李强的关系得到了双方父母的支持，他们都干脆地表示，只要能到一个城市，就好了。

李强说我知道你的父母只有你一个，而我还有弟弟妹妹，再说以后我们过好了，也可以把我父母接过去的，我可以去青岛。不过，我目前的工作已经快干了一年了，现在辞职有些许可惜了，就等到过完年，拿到年终奖吧。

我欢呼雀跃极了，开始特别认真地工作，我要好好表现。我的工作是一份事业编，我觉得我们两个一个闯一个稳，是特别好的组合。

我说：“你好好干啊，不着急辞职，我们还年轻。”

他说：“也是也是。”

（6）

热恋一般的生活，让我们笃定地相信，即使身处异地，爱情将依然保鲜，我们只需要等待一个合适的机会，便会会合。

我的零食盒子还是有源源不断的零食，都是李强寄过来的，只是不再限于牛肉干，乱七八糟的一堆，我都爱吃。

突然有一天，我收到满满一箱豆腐干，接着就是李强的短信："对不起，恐怕很长一段时间我再也买不起牛肉干了，你能接受么？"

我知道一定出了什么事情，赶紧打电话过去，对面的李强已经喝得烂醉，口齿不清了。

但是，我还是听明白了。

上学时，他舍友买股票挣了很多钱，他眼红，于是在毕业后赶紧把工资以及管父母要的一些钱，一股脑儿给投到了股市，然后就遇到了大跌，全部套牢。

他已经全然无措了。他觉得我们该结婚了。但他觉得他一无所有，未来不知道在何方。

我第二天飞去了他的家乡，他租住的房子已经由一室一厅变成了某个阁楼里的一张床，和售楼处的小伙子挤在一间房里。

他很狼狈地接待了我，那是我们恋爱以来最不高兴的一个周末，我满心的心疼，都不敢说出来，怕他难堪。

我离开的时候，把他的被褥底下，铺满了一张张的人民币。

一万六千块，那是我那时候的所有积蓄。

在路上，我紧张地抱着皮夹，不敢打开，我渴望里面仍然会有钱，又安慰说还是没有钱好，他穷到那样了，就别给我了。

可是，当我回到家乡，打开钱夹，依旧是满满一叠人民币。

我打通他的电话，我们抱着话筒都哭了。

为狼狈的现实而哭，为彼此的深爱而哭。

我说："李强，钱不重要，重要的是你好好的。我们一起扛过去。"

他说："再给我次机会，再等我一年，让我在哪里跌倒在哪里爬起来。"

（7）

就这样，接下来的一年，仍然是异地。

我的爸妈开始动摇了，他们觉得这个男人怎么说话不算数呢，这要把我拖到什么时候呢，身边大把的婶婶姨姨等着给我介绍对象呢。

我死扛着，没告诉他们李强的经济危机，怕他们对他失望。

我还是没有再吃过羊肉串，尽管我经常闻到我爱闻的孜然味道，可是我觉得，再等等，等到我们会合了，痛痛快快地吃一顿才好。

就仿佛，如果我一个人去把羊肉串吃了，就是对爱情的叛变。

我回家嚼起来豆腐干，把豆腐干当成了新的爱情寄托，豆腐经过胃液的浸泡，开始膨胀，我哇地吐了，一夜折腾了五次。

第二天在医院里打着点滴醒来，看到父母就默默地流泪了。

我说：“妈妈，我难受。”

爸爸妈妈都叹了口气，摇了摇头，我知道他们更纠结。

李强兼职做了好多工作，经常我打电话过去，他总是匆匆说：“你先睡，我有空打给你。”而这有空一拖就是一周或者半个月。

有一次我说：“李强，我感觉时间过得好快啊，你看，又是一年。”

李强一愣，说：“一年了么？嗯，又一年了。”

然后就彼此沉默了，谁也没有提他来青岛工作的事，怕提了就是可怕的现实对爱情的撕裂。

新的一年钟声敲响的时候，李强发过来新年祝福：“初六我过去，初八青岛人才市场有招聘会。”

我内心的欢愉再次燃烧起来，我终于等来了我要等的事情，那几天，我把自己的漂亮衣服试了个遍，找出最美的一套。

初六，我化上淡淡的妆，迎接了李强，爸妈依旧是热情地招待。

这是他第二次来我家，中间他无数次来过青岛看我，但是由于还没到青岛工作，都不好意思到我家吃饭。

（8）

初八并不顺利，招聘会上除了跟单就是保险，李强犹豫再三简历也没有递出去。我们挤出招聘会，买了两根玉米，一边啃一边聊。

我才知道那时在他们公司，他已经是部门主管了，工资差不多会是做跟单员或者保险推销员的两倍。

虽然他欠父母的债务一时还不上，但至少会快一些。

我从巅峰跌落悬崖，看到青岛的天空变得特别高特别高，就像那一刻同我牵着手的李强，变得那么远那么远。

从什么时候开始，他的工作升迁和生活烦恼都没有时间倒给我了？又从什么时候开始，我们竟然生出了生分？

后来，我们商量，他还是先回去，先积累一段时间，然后顺便从网上盯着青岛的工作，一有合适的马上过来。

可是，我却觉得，大概应该不会有什么合适的了……

李强走后，我一个人在海边流浪了很久，走到我们初识的那条大道上，时过境迁，随着卫生城市的建设当初那些羊肉串摊早已经清理了。

我再也不是那个明明不喜欢辣却为了李强吃满嘴贼辣串的姑娘；

李强再也不是那个憨傻敦厚，会答应我一切无理要求的男人；

我们都已经踏上了社会，更多时候，我们的决定要听从现实的建议了。

我觉得皮夹很薄，大概再也不会有满满一叠钞票了，他一定是疲倦了，累了吧。

流着泪慢慢打开它，却看见，里面静静地躺着一张银行卡，它也在朝我哭。

（9）

招聘会失败后的第三四个月吧，李强又来看过我一次，最后一次见面。

我们的状态已经大不一样，两个人愁闷苦脸地吃饭，有一搭没一搭地聊天。

青岛的夏夜依旧清爽，可混沌的，却是两颗已经不再年轻的心。

临送他走的时候，我把银行卡递给他，他不接，我拼命往他口袋里塞，他拼命往我口袋里塞，两个人在候车厅一边拉扯，一边哭……周围人都好奇地看着我们。

拉扯累了，李强一把抱住我，狠狠地用力抱着，抓得我背疼，两个人的眼泪都决堤了，哽咽出声。我已经说不出话来，感到了深深的绝望，一阵一阵喘不过气来。

大概，我们都预感到了，那可能是我们人生中的最后一次拥抱。

也是最后一次见面。

他回去后，我拉开皮夹，卡还是在我这里，我最终没能推让过他。

嗯，他没有给我来电话报平安，我也没有给他去电话问候。呵呵。

我没有想到，我们扛过了异地恋，说服了爸妈的反对，最后还是败了，败在哪里，时光？现实？诱惑？

我也不知道。

此后那一年，我们都没有联系过，妈妈问我：“分手了？”

我说：“不知道。”

我是真的不知道，我一个人熬过漫漫白昼与黑夜，怎么也想不起那天，他或者我，到底说了哪句话，算是分手。

或者，我们从来没有说过分手，只是……

只是，不了了之了。

（10）

一年后，我去相亲了。

妈妈说介绍人传过来消息，男方觉得我很奇怪。

相个亲为什么不能好好吃个比萨或者点个菜，吃什么五块钱的羊肉串？

我干笑出声，是挺奇怪的，吃什么羊肉串，要什么仪式?

唯一要的，应该是把卡退回去。

我把这些年每次见完李强后，拉开皮夹拿出来的那一叠叠人民币，都存在了那张卡里，寄回给了李强，顺便写了张贺卡：

订婚快乐，我的青春。

愿你
不被生活辜负

CHAPTER 2

遇到爱情前，先遇到最美的自己

身体发肤受之父母，我们无从挑选，但人生路途久远，我们有大把的时光把自己酝酿成一个香袋……而帅哥，总是闻香识女人的。

01 · 我把爱情中断的那一年

（1）

你离开我那天，武汉闷热到顶峰，我两天两夜没睡觉。

我问你我哪里不好，我改啊。

你说："你啊，脾气差、没耐心、尖酸刻薄、嫉妒心还很强。"

我打电话问妈妈，我真的是那样么？

妈妈说："对不起，孩子，是妈妈不好，你的缺点完全随了妈妈。"

我挂了电话，把手上摇着的扇子呼地扔到天花板上的吊扇上，噼里啪啦，折扇被锋利的电扇片撕裂了。

三个舍友猛地坐起来两个。

一个说你疯了啊，一个说你有病啊，这些评价我都不难过。

让我难过的是仍然稳稳躺着的娜娜，她缓缓吐出几个字：哎，她就那样。

我仿佛感觉到了内心的撕裂感，我想要爱情，却患得患失；我想要你的陪伴，却蛮横找碴；我想要温柔，却乱发脾气。

娜娜说的太对了，我就这样。

我就是脾气差、没耐心、尖酸刻薄、嫉妒心还很强。

我痛苦地明白了，你对我的评价还算中肯。所以你和大多数别人一样，选择了对我敬而远之。

直到，离开我。

我就是在整个人都感觉特别失败的时候毕业的。

临走的那天，我拖着行李，挽着娜娜，一边哭一边走向 519 车站的起点。

娜娜说："不知道你为何要哭，你漂亮、身材好，还签了工作，就因为失恋了么，他失去你是很大一损失啊。"

我抬着头，泪眼蒙眬地看着娜娜，忽然不知道该相信谁，我到底是一个好女孩，还是一个不好的女孩，我自己也不知道了。

那天的公交车开得飞快，武汉的风景在我眼前一扫而过，这两年的点点滴滴涌上心头。

我们是在公交车上认识的，坐在同一排。

当时我兴高采烈地跟娜娜讲完电话，一扭头，发现你正看着我，眼里发着光。

你说："同学，你是武大的么，你居然还是新闻学院的，你竟然长得这么美，你太让我惊奇了。"

我其实比你更惊奇，和陌生人搭讪，不应该说个你好之后先尴尬一会儿再聊别的么。

但是你没有，你没有给我反应的时间，接着叨叨不休地逼问我："你有男朋友么？你看我怎么样？"

我说："你真帅，就这么定了吧。"

（2）

我终于离开了读了五年的校园，也离开了你，但还留在武汉。

第一份工作竟然是挑样书，一周下来，我新买的牛仔裤膝盖头上是一层雾蒙蒙的灰尘。

你说，如果连牛仔裤都能看出脏来了，我的环境该有多糟。我一个人蹲在车间的角落里，哭了，那是深夜十二点，我的第 37 个夜班。

但我忍住了，没有给你去电话。

第二天我找到车间主任，车间主任说：“换岗？小姑娘，我以前带过的刚毕业的大学生都是不挑岗位的，哪里需要去哪里，你不能这么点苦都吃不了啊。”

加班什么时候是个头儿啊，姑娘我不干了，连恋都失了，还怕丢个破工作？

我坐上了返回青岛的火车，十六个小时哪，我拿着站票就去找乘务员补卧铺。

队伍排得一团糟，我往前挤啊挤，挤过去又被一堆大妈左拥右堵得推回来。我再挤，手刚摸到前台，被一个美女一胳膊肘捣回两厘米。

好吧，那我慢慢等吧。终于前面的都补完了，到我了。

乘务员指着我，对后面的一对情侣说：“你们是一起的？只剩两张票了，她一张，你们就只能一个人去卧铺。”

我没说话，管我什么事，反正我在前面。

可是，小伙子说：“那把两张都给我们，反正她就自己。”然后乘务员就说：“好。”

我当时就发飙了：“你们怎么能这样，先来后到懂么？职业素质有吗？明明我在前面。”

工作上的不顺让我瞬间失控，声音高三倍地指责那对情侣和乘务员。

最后，事情并没有解决，乘务员字正腔圆地说："亏你还是大学生，看你刚刚的样子，太失态了。"

我垂头丧气地回到座位上，马上就泄气了，是啊，我干吗要那么斤斤计较？人家是情侣啊，你要是去了卧铺，别人不就分开了么，干吗不能友好点呢？

火车窗后漆黑一片，来了大姨妈的我，哭着站了一路。

我也是忍住了，没有给你去电话。

因为啊，我觉得我不能自讨没趣了。

你看，所有的事情都应验了你说过的，我就是没有耐心、脾气还很差、容易发怒。

如果我再去和你倾诉的话，你岂不是更看不起我，我还是希望在你心中有一丝丝好的方面，供你回忆。

我真的不知道，你心里的我，已经难堪成什么样子了……

我忽然觉得，你是对的，这样的我，连我自己都不喜欢。

（3）

我回到青岛，我的主场城市，这里有七大姑八大姨，但我依旧不开心。

堂哥是法官，表妹是大夫，还有一堆连大学都没上过的邻居在炫富豪爹娘。

我一个人闷着一口气，闯荡在城郊的一个公司里。

我想要凭借武大的才情，在公司脱颖而出，再背着一身荣誉，义无反顾地跳槽。

但现实已经告诉我，青岛的公司不过是武汉的重复，没有什么工作是舒服的。

我无处可逃，我不可能再逃去别的城市了吧，因为没有男朋友可以奔赴啊。

我想，既然这样，那就咬着牙努力吧，顺便将你也遗忘了才好呢。

第一次接待德国客户，我的不怎么好的二外口语，词不达意，老板数次无奈地看着我，我假装没看见，微笑着端茶倒水。

是夜，我翻开行李，找到那本我们一起学过的德语手册，开始恶补，我仍然不接受任何人对我能力的怀疑。

三个月后，德国鬼子的单子终于签了，老板举杯向我庆祝，我说：“最该谢的是你的白眼啊。”

说完，我就后悔了，你看，我改掉了霸道、改掉了脾气，却还仍然尖酸刻薄。

老板当时愣了愣，打着哈哈过去了。

我买了一箱啤酒，决心每犯一个你讨厌的缺点，就去喝一瓶，你知道，我酒量小，一定会吐的。

胆汁的味道混上失恋的痛苦，一定会提醒我改变的，对不对？

后来，我遇上无良商贩时，满嘴的愤怒要出口时，都会咽下去；我也曾被顶头上司骂得狗血淋头，却点头称是；我更是在无数个深夜加班，忍受寂寞。

日子就这么一天天过去了，很快啊，快到我都记不清自己多久没吐槽了。

一年后，我和娜娜见面，在街上闲逛，娜娜说："你变了很多，社会这个大学真的很管用，你再也没有锋芒毕露了。"

我苦笑一声："并不是社会的作用。是我真的好想在章贝面前抬起头来，做个值得爱的姑娘。"

娜娜说："章贝？你的前男友章贝不是在青岛么？"

我说不知道啊，可能吧。

（4）

呵呵，毕业一年后，也是分手一年后。

你又站到我面前，说："一年了，你还不原谅我么，我来到了你的城市，等你爱我。"

我看着西装革履、帅气依旧的章贝，惊讶得说不出话来，当年在一起的快乐、温馨的好时光一起涌上心头，我真的好想哭。

章贝伸出手摸摸我的头发："别再躲着我了。我们还是好好在一起吧。"

我拼命摇摇头，我还是不够好啊，你曾经说过的那些缺点还在我身上偶尔发光呢，所谓江山易改、本性难移啊。

章贝哀求我说："你怎么就不明白，那些根本就不重要，重要的是你逃避的这一年，让我明白，你就是你啊，什么样子我都爱。"

哦，是么。不过，既然你重新出现了，我们可以捋一捋了。

在街角的咖啡店，章贝说："毕业前的那次争吵，我可能话说得太重了，那是气话，你真的犯不着这么绝情的。"

是的，毕业前，我赌气分手，他说好啊。我又后悔，问他凭什么啊。他说，你脾气差、没耐心、尖酸刻薄、嫉妒心还很强。

我听了这一连串的形容词，肺都要气炸了，我是那样的，但是你不能说出来。

我跺着脚离开了，耳朵都瞬间失聪了，根本听不见他在身后着急地喊我。

我拉黑了他，我不是这么多缺点么，那我离开你好了，我不想以一个这么不堪的样子陪伴在你左右。

我冷冷地说："我从不觉得我有你说过的那些缺点。我觉得我很好。"

章贝压低声音，说："对，从来不觉得有错也是你的一个特点。"

没想到，时隔一年，我们再度重逢，他依然会拿我的缺点说事儿。

我却已然发作不起来了，嗯，呵呵，不知不觉间，改啦，淡定啦。

我微笑着回应，不说话。

章贝接着说："对啊，你缺点有很多很多，可是我看不到啊。上学时候是，现在依然是，求求你，不要再任性地突然不理我了。"

我的眼泪吧嗒吧嗒地落了下来。

这一年，我换了手机，删了微信、QQ，但是他从邮箱里发过来的每一封信我都有看到。

我知道，他已经在我的城市工作，我也知道他并不是有意要指出我的缺点，他肠子都悔断了。

章贝说："我也有缺点啊，我们都不是完美的人，只要我们还在一起就不会有问题，你脾气差，我脾气好啊，你容易失控，我稳定啊。同样的，我长得帅，但你丑啊，我聪明，但你笨啊。”

我扑哧一声，笑出来，谈恋爱时的感觉又回来了。

（5）

我知道，我最大的缺点不是那四项，而是钻牛角尖。

就像章贝当初气急之下提了我的缺点，我就不依不饶的，一年不再联系他。

后来我才知道，他从来没有失去过我的消息，他看着我这一年同自己的性格拼命地较劲、抗争。

但我觉得，我鼓起勇气人为地把爱情中断的这一年，是我人生中做过的最英明的决定。

如果没有中断，即使我和章贝现在还在一起，也一定是无休止的争吵。

一个说你看你那么多缺点，另一个说我哪有，我很好啊。

而其实，我们都知道，世上并不存在没有缺点的人，有的只是相互包容的两个人。

把爱情中断的这一年，我在反思，他在想念。

我在拼命变好，他在拼命纠正。我不会再钻牛角尖，他也比从前更尊重我。

我终于在一年后，重新大方地牵起了他的手。

虽然缺点是不可能完全改掉的，我身上仍有烙印。

但这一年经历的风风雨雨，已经让我具备了做更好的自己的能力。

并且，我不再计较章贝是不是真的看不到我的缺点了，也真的不在意他的内心到底是怎么想的了。

我很感谢这一年，让我蜕变了，也很感谢他，过完这一年，仍在等我。

我觉得，既然是缺点，还是改掉比较好。

因为，自己这一关总是要过的。

最好的爱情，不是你为我遮掉望眼，无条件接纳，而是我为你洗尽铅华，变得更好。

02

爱上一个纯真的女学霸

（1）

入学那天，我拖着箱子追赶一姑娘，轱辘一不小心压上一块石子，箱子因塞得太满而随着这下震动一下子爆开了。

前面的姑娘听到声音，回过头，慢慢走近我，开始帮我收拾行李，我开始碎碎念："你好，我叫李尧，山东青岛的，你是英语系的么？咱们系迎新位子怎么走？一会儿可以一起么？"

姑娘抬起头看看我，微微一愣，我看到了她那愣住的表情，我知道她被我的帅惊艳到了。她说："嗯嗯，我也不知道。”

我这是搭讪，但并不算刻意。因为姑娘来报到时跟我坐的是同一列火车同一个车厢，我和她背对背，中间隔着一个硬座的靠背，她的妈妈是那种极爱聊天的家长，这一路上我已经把姑娘的底细摸透了。

喜欢上她，只用了一瞬间。我去车厢尽头的卫生间，和姑娘错身而过，闻到了好闻的橘子香水味道。那一瞬，我觉得特别渴。

且唤她小七姑娘吧。

我本来不是英语系的，但是我脸皮厚，智商高，靠着入学后的第一次全校考试获得的可以换专业的机会，我几乎是毫不犹豫地填报了“英语”。

英语系本来就男生少，仰仗着长得帅，我毫无悬念地成了英语系的系草。从系里对我的重视程度可以看出，我当系草，无人敢疑，就像我追小七姑娘，无人有异议。

（2）

帅哥配美女天经地义。喜欢上一个姑娘的男孩，勤奋得就像上了发条。

我天天都会在图书馆“偶遇”她，同她一起借书、读书、还书，当然都是躲得远远的，因为小七每次见到我，总是神色慌张，脸颊微红，低着头，也躲得远远的。

我把她的水壶打满水悄悄地放到她宿舍楼下，等候她的惊喜，可是她一提沉甸甸的水壶，很是紧张，四下张望，发现是我，又非常窘迫，尴尬笑笑，眼睛都没有看我，以至于我也尴尬地朝她灿烂一笑之时，笑容被她那些调皮顽劣的舍友截了去。

我用交友或者挑战的方式，把围绕在她身边的那些虎视眈眈的男生一个一个顶了回去。全校男生，要么是我的朋友，有着“朋友妻不可欺”的无奈感；要么是我的情敌，有着“自惭形秽”的苍凉感。

可是，这件全世界没人有异议的事情，总是进展不下去，带着天然的橘子香味的小七姑娘仍旧对我的付出无动于衷。

考试成绩公布时，她的名字总是排在第一位，而我能上第一页就不错了。刚开始我很不解，大学里不是要锻炼综合能力么，你看看帅哥我，能抢篮板能唱流行还能熬夜做网游指导，我在综合发展这条路上走得如此之远……可是，那又有什么用呢，我喜欢的姑娘爱读书啊。

那好吧，怕了你了。我也和读书死磕行不？我四六级全过了，计算机等级也三级了，赶上你了吧。

可是，团支书小七姑娘红着脸庞把各种证书放到我手上，依旧一言不发，丝毫看不出喜欢我的端倪，尽管我对她已经喜欢我这件事儿深信不疑，不然她干吗脸红呢。

直到舍友说，他给她递请假条的时候，她也脸红过。

唉……

四年下来，我一无所获，垂头丧气之时，仍然是舍友的话突然点得我豁然开朗，他说："哥们儿，你家小七，太青涩了，太不开窍了，太不解风情了。不怪你，你锄头抡得很好，招招感人，招招至情，搁别的女生身上，早降服了。没办法，你家小七，整个一书呆女啊。"

我这才恍然大悟，我钟爱的小七姑娘，她身上的"学霸"光芒过于耀眼，已经全然掩盖掉女孩子该有的妩媚娇羞和她那独有的清纯面容。

敢情这姑娘心还没开呢，怪不得！追起来，这酸爽劲儿！

（3）

我的火眼金睛依旧好使得很，小七姑娘虽然呆萌呆萌的，但是我依旧能透过她不善言谈的外表看到她善良聪慧的内心，还看得到她的才貌双全。

毕业前夕，据说家境优越的小七姑娘要出国读研了，眼看我追求她的那根独木桥马上就要被拆除了，我却迎来了爱情路上的第一次惊喜。

我约到了小七姑娘，单独的。意料之外的，她居然没带着杂七杂八的该来的不该来的那些嘴皮喷子舍友们。

我们俩来到上了四年课的教学楼天台，她递给我一杯奶茶，说：“李尧，这四年，你很出色。”

我说：“是呀是呀，你终于发现了。”

小七姑娘羞涩地低下头，说：“我特别喜欢周杰伦的《千里之外》，就是你那年在元旦晚会上唱的那一首，可以唱一下么？”

我站起身，清了清嗓子，看着楼底下来来往往的学生流，忽然有种为了心爱的姑娘准备不要脸了的那种悲壮感。可是，我不要脸又不是一两天了。

我扯开嗓子，无比深情的：……我送你离开，千里之外……

等我唱完，鼓起勇气想转身拥抱小七姑娘的时候，一回头，人去楼空，寂寞的歌声还在回响，不争气地，我的眼泪喷涌而出，止都止不住。

呵呵，这算是，惊喜之后，无穷尽的遗憾么？

我舍友说：“那天你回到宿舍，像一条战败的狗。”

我笑嘻嘻地回道：“哪有，分明是一条刚举起战旗的狗。”

是的，我的父母给了我一副好皮囊，让我身边美女无数，好让我在无路可退的时候能找到姑娘随时准备接住我。但是，我十分感谢我的父母，他们在给了我如此周正的外表之外，仍然毫不吝啬地给了我一颗坚韧不拔、一往无前的心。

我追求小七姑娘，压根儿没给自己留后路。

我谢绝了姑娘们的体贴寒暄和各种美食，独自一人奋斗在工作路上。

（4）

有人说，我拼命努力，就是为了能够和你在一起喝咖啡。可是，我觉得那人真够傻缺的，喝什么咖啡啊，咖啡那是下午茶啊，我拼命努力，不过就是为了和小七姑娘一起喝牛奶，喝牛奶那是早餐好不好？！

小七姑娘远赴德国，继续深造第二专业。

而我在国内的很多民企间不停地跳槽，磨炼我那本来就很滑的嘴皮子，在无数个加班写方案、应酬灌白酒、深夜无人陪的日子里，我都能高兴得笑出声来，你看，老天待我不错，头脑还行，口才也棒，酒量无边，还有幸遇到自己特别钟爱的姑娘。

舍友说，那你家姑娘哪里去了？

好吧，我在痛恨了小七姑娘在平台不告而别的一个月之后，再次觍着脸皮凑上前去。那时候的社交网络已经很是流行，小七的人人网页面哪儿哪儿都是我的留言，一是为了向世界宣布主权，二是为了检查有没有可疑男人出没。

不过，事实证明我想多了，我舍友都说了：“你放一百个心，你那样追求都拿不下，还有谁有你那毅力和决心啊。”

倒也是。

有那么一段时光，小七姑娘的精彩事迹不绝于耳：做了什么项目，发了什么论文，见了什么前辈，去了哪些国家。

有时候，身边有如她一般的姑娘走过，我都很恍惚，眼前这人儿好眼熟啊，是不是小七，是不是我一直心心念念的那个姑娘？她如今还是这个样子，还是白衬衣牛仔裙么？在时尚街头漫步时，她还是不知道打扮自己，换一身红裙，来衬她的婀娜么？

她是不是还会伏在桌子上睡着，忘记擦去流出来的口水？她是不是还是一本接一本地读书，经济学管理学社会学，本本精通？

有没有男人居心叵测地送她口红和睫毛膏？嗯，她应该不会用的吧，清纯的她配上妖娆的妆肯定会不伦不类。

我干笑出声。

哎，好纠结，我期待着她蜕变成仙女，又害怕她在回到我身边之前下凡。

我呢，七尺男儿，也很忙，忙着工作，忙着成就自己，忙着赚到第一桶金，忙着把自己修炼成一个无坚不摧的靠山。

哎哟，回头一看，毕业之后又是三年啊。时光如梭啊。

（5）

舍友说：“你不是婊，但绝对配心机二字。”

我笑了，没错啊，我从来都愿意承认啊，我怎么会忘了给小七姑娘嘘寒问暖这件事，只不过，因工作和时差，频度不能尽如我愿，一个月勉强够交流一次。

多半都是我嘴贫，她呆萌。

比如我发条信息给她：“怎么样，有没有想我啊？”

她不紧不慢地回：“想你的人还差我一个么？”

我问她：“你今天有没有冻成狗？多加件衣服。”

她回：“你今天有没有忙成狗？给几个姑娘送衣服了？”

我那连狗屁女朋友都没有一个的舍友，总是一年半载来看我一次，他又开始当“搅屎棍子”，说：“你家小七去了国外，变了，开始嘴贫了。”

我不信，回他：“我家小七，是终于开窍了，被我同化，学会嘴贫了。”

舍友在敲诈了数顿火锅之后，说：变没变，来张照片看看啊。

小七姑娘的那张照片，我今天想起来仍然记忆犹新。简直就是梦想中的仙女啊，齐肩中发，红色长裙，莞尔一笑。

在舍友的哈喇子流出来之前，我果断拿着照片毅然逃开。哥们儿，火锅，我不吃了。

我回去后，把照片放大到电脑上、电视上等一切可以放大的地方，仔细观摩，最后确认，那还是我的小七，一丁点儿没变，你看，在 55 寸的电视大屏幕上，她刚化上去的眉毛，好逗的。

一边低，一边高。

（6）

不知道为何，我的心开始隐隐疼起来，这个姑娘明明如此美丽，却为何如此笨拙，被那些只会穿衣打扮的所谓美女完败出美女行列。

可是，她页面里的个性签名和博客里的学术论文、情感散文，却在我面前熠熠生辉。

自此，我发现，我已经深陷爱情泥沼，难以自拔。于是我开始思考，如何才能拯救我自己的爱情，促成这一段姻缘。

我放弃了不羁浪荡耍贫厚脸皮的追求路线，决定来点实在的。我当下就买了机票去了德国。

只不过，我让自己失望极了，真的没有想到，等真的站到小七面前的时候，我激动过头，语无伦次了，竟然。

要知道我曾经是销售主管，直到现在我还经常上台讲演呢，怎么嘴皮子突然间像被冷冻了，不听使唤了呢？

小七说:“呀，你怎么来了？很惊喜啊。”

我点点头:“嗯，嗯，应该的。”我自己都觉得这回答风马牛不相及。

小七捂嘴笑了，说:“你怎么这么紧张，饿了吧，想吃什么？”

我看到她的身后正有一群花里胡哨各个国籍各种肤色的姑娘在不怀好意地看着我，感觉仿佛回到了校园，她的身后总是跟着她那群闷骚的舍友，我居然瞬间就找到了感觉，也不怯场了。

我咧开嘴，坏坏一笑:“我啊，想吃你啊。”

她笑了，跑过来给我一个隆重的拥抱，补上了当年在楼台上她欠我的那一个。

哦，对了，她的眉毛是自然的，没有化。

（7）

小七姑娘在我身边时，用了四年拒绝我。毕业后她远走他乡，我把她从远方拉到身旁，又用了五年。这九年，我在别人眼里可以算是孤单寂寞冷的典型，但我自己内心炙热无比。

小七姑娘的缺点太明显了，就是缺爱，她一直在拒绝我，就像拒绝她那回心转意的父亲一样决绝。

她的爸爸是个十足的伪君子，当然这是她自己的评价，我可不敢这么说我老丈人。她爸年轻时候抛弃妻女，另外成家，老年之后有所悔悟，拼命补偿。

坚强而倔强的小七就像拒绝她的父亲那样拒绝着我，这让得知真相的我，坚决地表示与“不负责任”的男人划清界限。

我可是很有责任感的啊。

你不是怕么，你不是胆怯么，我就放心给你看。

你不是缺爱么，你不是清高么，你不是慎重么，我用努力、决心、成就、地位、金钱再加上十倍的真心一起砸你啊。

砸到你乖乖的还不是分分钟的事儿。

功夫不负有心人，她终于跟我回国了，跟我回我的城市了，我牢牢地牵着她的手，不打车不坐地铁，就是在城市的大街小巷穿来穿去。

小七姑娘不解。我说：“宣布主权啊，你是我的了。”

小七依旧傻缺：“可这里又没人认识你和我啊。”

对啊，没人认识，我炫耀给谁看呀，我难道也变傻了吗，不知道请那位勒索过我无数顿火锅的舍友再吃一顿吗？

我喊出舍友，举起一双不松开的手，用悠扬的男中音说：“哥们儿，这个世界上没有什么是一顿火锅解决不了的。你看，你看，你看嘛。”

我那位一直就不太会说话、一说话就惹到我的舍友，一边不停夹着辣根，一边流着眼泪，慢吞吞地挤对我：“砸到她乖乖儿的还真不是分分钟的事儿，哥们儿，你用了一整个青春啊。”

哥我立马就反驳回去了：

怎么能是一整个青春啊，你的青春才到此结束了呢，我的青春才刚开始呢。心爱的姑娘陪在身边，日日同看日出、夜夜相拥而眠，这分明天天都是青春期的甜蜜时光啊，你特么的见过谁的中年时代如此奢侈。

舍友说：你有钱，你任性，你奢侈。

我说：错，我有小七，我任性，我奢侈。

忘了交代，我从小调皮捣蛋好钻空子，一不小心靠近了互联网的风口成了头迎风起舞的猪……对，我创办了自己的公司，收益还可以，所以也还算有钱。

但是，我的小七姑娘除了爱读书、头脑发达之外，也已经亭亭玉立，并且有那么一点点……嗯……我生怕别人看到的所谓“风情”了。

风流倜傥的我仍然拜倒在她的石榴裙下起不来，难以自救到由喜欢生了爱。是的，我依旧喜欢她、仰慕她、渴望她，还有，深爱她。

学霸女和不羁男必须是天造地设的一对儿啊。这言论，这霸气，同在上学时一样，无人敢疑。

（8）

和小七姑娘深情订婚的那天，我都快哭了，她是真呆啊，绝对不是假呆。

是夜，我洋洋洒洒、深情款款、含情脉脉地说了十分钟，压抑了十多年的情感喷薄而出，那激动劲儿，就差不听不看小七的反应直接扑倒她了。可是，等了十多年，不差这几分钟了，素质啊注意素质。

小七姑娘红着脸，喃喃告诉我："李尧，开学那天，你的箱子被石子碰开了，我帮你收拾过行李，你记得不？"

我愣愣的："记得啊。"我有点蒙。

小七姑娘头埋到我怀里，继续小声说："我那时候就喜欢你了，你特别帅。"

我差点一口胃液喷出来。什么？！你在我喜欢上你的十分钟之后就已经喜欢上我了；什么？！我追了一个原本就喜欢我的姑娘整整十年；什么？！我本该和姑娘手牵手嘴对嘴度过的大好年华，俩人却都在深情苦恋？！

我一下子挣脱开她的怀抱，语气顿时都苍白无力了，我真是被她给打得败败的："姐，那你没告诉我你喜欢我这事儿，是因为看不出来我在追求你吗？！"

小七姑娘依旧很羞涩，说："你那么帅，那么光芒四射，我怕我配不上你，所以拼命努力学习。"

那刻，我真的要哭了。这听起来，真像一个"我拼命努力，就是为了配上你"的女性版本啊。

捶胸顿足之际，我特想剁了我那多嘴的舍友，原本我就觉得小七姑娘一定是喜欢我喜欢得不要不要的，就是因为舍友说小七连接他的请假条都脸红，我才把这一推断痛心推翻了。

小七幽幽地告诉我："你是说你舍友么，他当年的请假条写着他来例假了肚子疼，请假半天，我很尴尬，所以脸不由自主红了。"

嗯哼，好吧，好吧，就这样吧。

我原谅了小七姑娘的傻缺呆萌不解风情，虽然她的胆怯和木讷害我苦追多年，但是我知道小七姑娘暗恋我的那个版本，也一定更曲折、动荡、惊心动魄。

好在，我们最终走到了一起。

两个人的深情，一对人的眷属。

（9）

我仍然时不时地记起，我刚转到英语系的那天。

团支书小七姑娘举手发言，说："老师，有课后作业么？"英语老师错愕之际，我没有忍住大笑出声，太可爱了她，谁的大学还留作业呀。

小七姑娘尴尬地转过头，脸红得像个苹果，四目相对之时，世界安静极了。我记得，那天，她顶着蘑菇头，穿着白衬衣、牛仔裙，站在阳光里回头看着我，好美。

那天，我在心里悄悄嘀咕：不好，我喜欢上的，是个女学霸。

……

哥们儿，并不是所有女孩子都光芒四射的，总有一些姑娘，内心像钻石一样璀璨，外在的生活和工作却波澜不惊。

她们的劲儿往里使，她们的好得通过显微镜才能发现，我做梦都想拥有一块儿小七这样的钻石，踏实。

我猜，我那总是横插一杠子的舍友，也有这梦想，好险啊，后怕啊。

我？嘿嘿，梦想成真了，天天和小七一块儿吃早餐喝牛奶呢。

你呢？

暂时没有成功的话，请记得不懈努力，用努力、决心、成就、地位、金钱再加上十倍的真心一起，砸得你喜欢的姑娘不要不要的。

哈哈，开个玩笑，天下爱情，都是一对一，是你的就一定是你的，加油，哥们儿。

03 — · 永不失散的青梅竹马

他不回来看你，

总得回来看他妈吧，

放心咯，大年初一，竹马归你哦！

（1）

小八姑娘有一个青梅竹马的隔壁哥哥，大年初六举行婚礼。

小八姑娘特别开心，她说还好是初六，要是整个初八、十二啥的，她还得请假，假条上还得写：我从小喜欢到大的哥哥要结婚，请假三天，去给青春来个了断。

我在微信忙不迭地送关心送温暖，劝她："小八啊，你还是哭吧，你哭出来会好受些，你这些装傻充愣的瞎开心瞎激动，越发让人觉得其中有诈啊。”

小八姑娘说：“罢了，罢了，哭作甚，我还是读书吧。”

我见过很多为参加婚礼准备衣服的，但，为参加别人婚礼，拼命准备考试的，我还是第一次见。

小八姑娘为了这位哥哥，从初中时的倒数，到高中时代的中上游，到大学时代成为佼佼者，我一路看着她奔跑得不亦乐乎，十分感动，颇感励志。

然而，这位哥哥还是在小八姑娘毕业那年深情告白时，冷酷地对她进行了“十动然拒”[1]的现实版解释。

那时候，我是十分想劝劝她的，词儿都准备好了：回头是岸、重新做人……哈哈，我觉得像她这种聪明美丽又痴情的姑娘会想得开，转身投入她身边等候着的那一片森林之中的。

可是小八姑娘拒绝了我善意的想法，甩给我一个很牵强的理由，说：“等我考试完再说吧。”

现在，她心心念念的那棵树，要娶别人了。

我又想劝她，小八姑娘说：“饭饭，你这种阔步走在爱情坦途上的

[1] 十动然拒：十分感动然后拒绝了他。

人，岂会懂得青梅竹马即将失散的欢愉？”

我反问：“为何是欢愉？”

从小一起长大的小八姑娘头一次对我这么认真地煽情：“因为，哥哥要牵手一生的人，是他所爱。我替他高兴。”

（2）

其实，我觉得这种矛盾情感，我多多少少也有一点点懂得的吧。

因为，我差点儿也会有一个青梅竹马的哥哥，徐诺。可惜，徐诺是我二叔家的儿子，三代之内呢，所以，我就安心地做起哥哥身边的小霸王，徐诺说过，只要在他身边百里之内，我可以蛮横无礼，任何结果他买单！

然而我很快就发现，徐诺是个极其不负责任之人，八岁那年，当我和同桌“王二麻子”吵得不可开交之时，他非但没有上前阻止我同桌的劣行，反而飞快地跑回我家向我妈妈告了一状。

我和“王二麻子”被班主任罚站在教室外面，徐诺不好意思从我跟前走，绕着路走，还是被我发现，我扯着嗓子大声喊：“徐诺，小个子，徐诺，小个子。小个子打不过我同桌。”

把徐诺气得咬牙切齿，在角落里直跺脚。

“小个子好啊，浓缩的都是精华嘛。你看他考试回回都是第一嘛。”

初中时代，和我同桌的小八姑娘一边转着笔听我抱怨徐诺的尿事儿，一边替徐诺说着好话。

那时候，小八姑娘虽然成绩不好，但已经长得亭亭玉立，特招人喜欢，尤其是社会上的小青年特爱找她玩儿。小八姑娘不胜其烦。

有一次，一男生要骑着她的自行车带着她回家，她不同意，男生纠结一伙男生不容分说硬把她抬到后座上。

怕车速太慢小八会冒险跳车，男生屁股离开车座前倾着身体把自行车蹬得飞快，还在一片起哄声中，吹起夸张的口哨。小八姑娘十分紧张地坐在后座上，哇哇地大哭。

突然，自行车后面跟过来一自行车，前轮轻轻一扭，把小八的车逼倒了，车上的人拉住了小八，让她没有被摔太狠，上演了一出英雄救美。

这英雄正是我那小个子堂哥徐诺。男生的同伙们上来噼里啪啦踢了一顿徐诺，骂骂咧咧地走了。出于兄妹情，我赶紧上前扶起了堂哥。

徐诺捂着屁股“哎哟”了几声之后，大概是怕我回家告状，想用花言巧语收买我，开始说他那句名言：“妹妹，我说过，在我身边百里之内，你可以蛮横无理，全部由我来买单。”

最后还来了个大高音、长拖腔来收尾。

听了这话，一直呆站在一边的小八姑娘，“哇”的一声大哭起来，她是在羡慕嫉妒我，怎么这么好的一哥哥是我的不是她的呢。

可我马上也明白过来了，也“哇”的一声哭了。我明明啥都没干啊，关我什么事啊，这话徐诺明明是说给小八听的啊。

（3）

从那起，徐诺开始刻意和小八保持距离，而小八开始了长达十几年无休无止地努力读书。

作为小八姑娘的首席闺密，我早早就知道了小八对于徐诺的心意。可是徐诺是一名老师家长嘴里的出色少年，成绩太好，智商太高，以至于我无从揣测他的心思。

徐诺说：“那我们就好好读书吧。”于是，我也不知道为什么，也跟着好好读书起来。

徐诺会在暑假和寒假偶尔帮我们复习功课，只是复习功课，做题解题讲题，并无其他故事。

小八姑娘会因为某道题做不出来懊恼不已，会觉得徐诺的智慧让人不可思议。就这样，我和小八姑娘的成绩都在直线上升。

初中毕业那年，我和小八分开了，因为小八的成绩已经好到差一点儿就考上重点高中了，她的父母非常高兴，发现自家闺女除了美貌之外，或许智慧这条也可以培养，就花重金给小八买了去省重点高中读书的名额。

顺便把家也搬过去了。

临走那天，正读高二的徐诺特地请假回来，请我们俩到他学校外面的羊肉串摊吃了个够。

小八絮絮叨叨地说：“饭饭，哥哥，我舍不得你们，不想搬家。”

我说：“哎呀，省重点啊，三年之后你就是清华北大啊，跟我们这儿耗什么哪，去吧去吧。”

徐诺拿着孜然粉和胡椒粉在调羊肉串，每调好一串就递给我：“拿着，拿着，多吃点儿，多吃点儿。”

小八姑娘说着说着就开始掉眼泪，可怜巴巴地说：“哥哥，你明明是请我们俩吃串，为什么每一串都递给你亲妹妹，我也爱吃的……呜呜。”

徐诺一愣，发现了不妥之处，刚要解释什么，只见我的“啊嚏”一声接着一声，我断断续续地说：“小八，不吃也罢，胡椒粉放太多了。”

可以断定，正在假装镇定调羊肉串的徐诺走神了。

（4）

徐诺一路高歌着考入北航，成为我的一个榜样。送他去车站时，我说：“哥哥，你长高了哎，你什么时候长的？”

徐诺不置可否，说：“妹妹，你好好学习啊。”

我转身告诉小八姑娘，我说：“我再也不能嘲笑哥哥了，他真的长成大个子了。”

小八姑娘像没听见一样：“北航啊，分很高吧，饭饭，你成绩怎么样了？”

还好啊，那我们就分头努力吧。

就这样，我和小八姑娘在不同的高中因为不同的理由开始奋进，我就是单纯地想努力，而她，是想靠近徐诺一些。再说，努力总不会有错的。

大学真是个好地方，我那不爱说话的堂哥在里面历练了一年之后，回家就像变了个人，开始侃侃而谈了。

寒假，小八姑娘缠着我把徐诺喊出来，一起玩了整整一天。没承想，徐诺的嘴巴里却时常冒出一个叫作“莹莹”的姑娘。那次，基本是我堂哥徐诺第一次和我、和小八姑娘认真地谈起青春期的感情世界。

小八姑娘异常感兴趣，把莹莹姑娘八卦了个遍，徐诺也越说越开心，一天下来，徐诺红光满面，小八郁郁寡欢。

后来，我和哥哥把小八送到车站，临上车之前，她按惯例和我们抱别。可是，她没有抱徐诺，她红着脸说：“男女有别啦。”

抱我的时候，小八姑娘悄悄趴在我的耳边说：“完了完了，我的竹马心有所属了。”我听了，轻轻推开她的双臂，准备打趣她一下、分散下她的注意力的。

可是我发现，她面色慌张，而且煞白。

（5）

堂哥大三那年，我和小八分头考上了不同的大学。堂哥追上了莹莹，两个人齐头并进比翼双飞的照片雪花般飞在网络上。

我开始恋爱，开始懂得喜欢和爱是怎么一回事儿。而小八姑娘依旧让我心酸，她拼命读书，拼命打扮，固执地不谈恋爱，她说，我要等，等到和我的青梅竹马时光彻底失散。

她才会死心。

我没有忘记无时无刻地去劝她：“八姑娘啊，请你回回头，看看你身边拿着等候牌的那一群男人吧。林子大了什么样的好男人都有啊。”

她说：“好啊，好啊，听你的。”

我对她的突然转变感到十分意外。果然，她接着说：“等我先表白一下哈，万一成功了呢？不成功再回头也不迟啊。”

只是她的表白计划，光功课就做了三年，她说哥哥爱读书啊，我不能让他失望啊，哥哥喜欢有才的姑娘啊，我得恶补谈吐啊，哥哥喜欢素颜的姑娘，我得修炼内心啊。

只是，结局并没有多么美好啊。

当她捧了一摞子证书和成绩，披着一头长发把徐诺约出来的时候，徐诺长长叹口气，说了一句："对不起。"

徐诺托我开导小八，可是我明明已经开导她很多年了啊，作为首席闺密，我似乎应该为小八的心愿最后努力一把才对嘛。

我说："哥，你还记得小时候你英雄救美的那次吧？你还记得小八要离开时你撒孜然的手都走神了吧？你以前是不是也有一点点喜欢她？"

徐诺说："妹妹，你还记得小时候我为了你去海边捡贝壳被你婶狠打的那次吧？你还记得你屡次被同桌欺负，我看不下去，同你同桌单挑，最后那年成为我唯一一次没拿三好学生的年度吧？"

徐诺的意思很明显，他爱我，因为我是他妹妹，他喜欢小八姑娘，因为他把她也当作妹妹。

（6）

忘了从几岁开始，每个大年初一，小八姑娘总会早早地来到我家，等我一起去二叔家拜年。后来，即便他们搬家去了省城，她依然保留着初一来见我，哦不，来见徐诺的习惯。

以至于，我家二婶特喜欢这个投缘的小八姑娘，每次都要问："小八啊，你哥哥回来了，快去你哥屋里聊。”可见，小八早就攻陷了我二叔二婶，却唯独攻不下我堂哥。

前几天，小八姑娘从北京颠颠地滚回来，第一件事就是来我家见我，游说我带她去干第二件事：去见徐诺。

我说：“等不及大年初一啦？”

小八笑嘻嘻地说：“还等，哥哥还能是我竹马几天啊？”

好在，表嫂是个聪慧豁达之人，她很快和我、小八姑娘打成一片，嗑瓜子聊天，热火朝天的三个女人一台戏。

小八噘起小嘴说：“堂嫂，怎么办？我发现我喜欢你了，我没办法儿吃醋。”

这个时候，小八和徐诺已经可以相互打趣暗恋这件事儿了。经常，小八是在借着玩笑说真话，徐诺是听着真话当玩笑。

堂嫂背起书包，一边坦然地往里面塞堂哥买回来的各种零食，一边爽朗道：“哎呀，我发现我也喜欢你啊，这样吧，婚前最后一个大年初一，你的竹马归你。哦，不对，以后每个大年初一，徐诺都归你哦，他不回来看你，总得回来看他妈吧，到时候，你像往常一样来拜年哦。”

我和小八姑娘听了堂嫂的这番话，傻傻地呆在原地，怪不得徐诺喜欢她，多自然的一个姑娘啊，没有让小八尴尬，也没有让小八太失落。

“拜拜，徐诺，过年好，初六见哦。”堂嫂打开出租车门，妩媚离去，留下一股清香。

我回过头，看着红了眼眶的小八姑娘，她正出神地望着堂嫂离去的尘埃，不作声。徐诺走过来，摸摸她的头发，拉了拉她的衣角，说：“妹妹。你永远是我妹妹。”

可是我，还有小八姑娘，都把这句话任性地翻译成了：“在我身边百里之内，你可以蛮横无理，我买单。”仿佛只有这样，对于小八姑娘的二十几载青春来说，才够动听。

小八姑娘的热泪滚滚而下，她抱住了我，说：“饭饭，哥哥和妹妹，是不是永远不会失散的青梅竹马？”

我狂点头，嗯嗯，是啊。

（7）

我永远也不会忘记，我和同桌“王二麻子”吵架那次，堂哥徐诺没有替我出头，反而回家告诉了我妈，我被老师罚站在教室门外，朝着徐诺大喊大叫：“徐诺，小个子，徐诺，小个子，打不过我同桌。”

徐诺在角落里气得直跺脚。

小八姑娘突然出现在徐诺身边，朝着我大喊大叫：“你才小个子呢，哥哥很高啊。”

我说：“小八你眼瞎啊。”

小八回：“你才眼瞎呢，哥哥就是高，很高啊，我就是觉得高。”

……

故事的最后，青梅和竹马最终还是迈入同一个婚礼殿堂了，只不过，竹马是新郎，青梅是来宾。

小八姑娘说，她一定要打扮得很隆重，惊艳地出场，要达到除了堂嫂数她最美的效果。

她说：“得抓住一切机会，把自己推销出去啊，哥哥的婚礼也不放过，万一，来宾里有帅哥呢。”

堂哥朝小八姑娘竖起大拇指，仿佛在夸赞她的决定，也仿佛在鼓励她寻找幸福。

我说：“八啊，后悔么，不喜欢我哥的话，你会幸福得更早。”

小八姑娘说：“才不会后悔，不喜欢你哥的话，我也遇不到现在这么好的自己。”

是呀，二十几年了，我哥拼命在前面跑，小八拼命在后面追，我拼命跟在身旁，三个人，默不作声，竟然都努力地有所收获了。

好吧，我在心里暗暗地同小八姑娘说：“我答应你，无论如何，有我，有徐诺堂妹这根纽带在，你们两位青梅竹马，永不失散。”

04

有一种姑娘，其貌不扬，暗香浮动

考上事业编后，我精心打扮一番就去入职了，和我同批考上的全是女兵，当我们在人事科房间里一一排开，每个人都在悄悄彼此打量。

我狂汗，论外表，我排倒二。除了沫沫明显身材浑圆、皮肤黝黑之外，其他的个个都是唇红齿白的美女。

我悄悄移步到沫沫身边，同她攀谈，因为我觉得，日后我们必将成为很好的朋友，因为物以类聚嘛，我们都属其貌不扬的姑娘。

可是，我万万没有想到，经过实习期的考验和打磨之后，沫沫恰恰是我们之中最明亮最耀眼的那颗明珠。

和她情同姐妹的我，惨入绿叶大军，而且再也没有翻身的机会。

我在她身边，看着单位各科室大叔争相和她打趣逗乐，然后各年龄段大姐大妈纷纷为她介绍对象，最后，跷着二郎腿吃着她的异性朋友送来的新鲜水果……

她像一个自带磁场的磁铁，吸引来很多朋友，男女老少通吃。

我心里无比纳闷，百思不得其解：凭什么啊，我的姿色明明略胜一筹啊？我猜，其他几位姐妹更是糊涂极了，咋人人都给她介绍对象，都不管不顾其他那些单身的女神呢。

也许，自古美女多傲娇，越是普通越易处。沫沫就是典型中的典型。

每次在单位，她还未至，笑声先出场。惹得单位里那些快退休的大叔大姨们很是欢心，提起她便夸奖：沫沫这个姑娘性格好，每次见她，说话前先笑。

沫沫衣着普通，没有花枝招展，只是干净利索，这样既引不起四五十岁大姐对年轻的羡慕，也引不起二十多岁姑娘对于美貌的嫉妒。活脱脱一个安全人物啊。

沫沫爱聊天，却话不多说，说话也不得罪人，多半顺着别人的毛捋，捋多了捋出了好人缘。她不较真，自嘲加她嘲，统统都能接受，单位里的人从不担心得罪她。

沫沫有才华，虽然低调不显山不露水地写写材料，还是亮瞎了我们很多人的眼睛。公文里那排山倒海的气势、那一览无余的智慧，让很多人对窥探她的内心世界蠢蠢欲动。

我慢慢发觉，给这样的姑娘当绿叶也蛮舒服的，因为也会不自觉地被同化，我们没有惊艳的外表，一样可以有脱俗的日常，甚至收获更多的信赖和肯定。

沫沫的相亲对象，是一位大帅哥，我陪她去的。

他请我们还有另一位介绍人吃比萨，我在去卫生间的间隙叮嘱沫沫：别光聊天啊，要吃啊。我的言外之意是此等高富帅男人岂会看我们入眼，吃了这顿不会有下顿啦。却头一次见沫沫那样娇羞：饭饭，我和他很有共同语言呢，挺好的。

我沉默地咽了下口水，完全听出了沫沫的潜台词：饭饭，他很帅呢，我喜欢他。

那好吧，我多吃，行了吧。

抱歉，故事的最终没有什么白马王子爱上灰姑娘，也不会有什么帅哥透过外表看到沫沫的心灵美。

比萨吃完后，再无下文。

哦，不对，有下文。沫沫爱上了吃比萨、做比萨、分享比萨，我们单位男女老少都尝过那浸透着爱情味道的比萨。

与我们一同入职的其他几位美少女战士大概觉着这是一场笑话吧，经常趁聚会的机会游说沫沫：去相亲吧，重新相吧，别在一棵树上吊死啊。

沫沫嘴角上扬，指着窗外的月亮，说了一句莫测高深的话：如果月亮是一轮备胎的话，只有它最亮的时候，才能圆满。我要做一名最亮的备胎。

和所有年轻姑娘一样，她一旦认定，也是够痴情、够执着。

当看到半年前那个同沫沫相亲的帅哥，在我们单位传达室大口大口吃比萨吃到找不到鼻子的时候，我惊得本来就松垮的眼镜掉到了水泥地上。

他捧着的那个比萨盘子正是沫沫的，那上面流过我的无数口水，从我的嘴里掉出过无数比萨渣渣……嗯，也算和帅哥亲密接触了。

我上前打招呼：嗨，帅哥，好久不见。帅哥一脸迷茫地看着我，再次向我印证了我就是那相貌平凡的普通姑娘，只吃过一顿饭别人是不会对你有印象的。

我当时就生气了，你竟然不认识我？！……看来，你俩这是有戏了，你就看我怎么在你俩的感情路上使坏吧。

随后赶来的沫沫端着一杯热气腾腾的奶茶递到帅哥手上，转身和我说：饭饭，大鹏公司有事，我下午请假了，陪他。

噗，帅哥有着如此普通“脱俗”的名字呀，这名字也注定只爱普通姑娘，如沫沫。我只好这么安慰自己了，哭。

我和沫沫同样不美，我家宫先生就得矮胖，人家男朋友就是高帅，请允许我随便说点儿坏话找点儿平衡好么。

我找机会揶揄沫沫：“看来，做人还是得持之以恒啊。终于让你把帅哥熬到手了。”

沫沫给我道出故事：

那天，大鹏在单位传达室狼吞虎咽地吃比萨的时候，他自己的创业公司正遭遇危机，卖还是不卖纠结着他的大脑、他的胃，他茶不思饭不香的，饿到尽头时被沫沫用计叫来吃比萨。

沫沫只是说：“过来看点郭德纲相声吧。”大鹏就来了，俩人吃完喝完看完，找地方商量事情去了。

虽然，大鹏在低谷的时候，那些围绕在他身边的如云般美女们并没有全都散去，各路备选女人使出浑身解数做好吃的，暖帅哥的胃。

可是，男人天生是爱拼搏的动物。这所有女人中，只有沫沫一个人，在送完美味的比萨之后，还会翻开他公司的电脑、账单、会议记录，再泡到图书馆，找到各路前辈，恶补知识，决心同大鹏共进退。

即使破产，两人一块儿摔到地面，疼得也轻点儿，爬起来得也快点儿。

沫沫在大鹏转让公司那点儿家产的时候，帮他同对方伶牙俐齿地谈判，让很多姑娘汗颜。

沫沫在劝说大鹏直面失败，不着急东山再起，先找个小公司埋伏下来混点面包钱的时候，让大鹏的父母竖起大拇指。

沫沫在下班之后，挽起裙摆走上灶台，做出色香味俱全的比萨的时候，让大鹏彻底沦陷。

在初次相亲结束并无意继续交往下去的半年之后，沫沫收服了大鹏。过程是漫长了点儿，但是大鹏的服帖程度和时间也成正比。

沫沫狡黠地和我说起泡帅哥的经验："这世上美女很多，才女很多，可让人360度无死角舒服的姑娘，罕见。还有，这世上，识货的帅哥蛮多。"

我晕，骂谁是美女呢，骂谁是才女呢。哈哈。

我经常羡慕嫉妒别的漂亮姑娘，她们沉鱼落雁闭月羞花，美得让同性都垂涎三尺，更不用去数拜倒在石榴裙下的男人数量了。

本来以为那是应该的，必然的，没什么不可理解的。现在觉得，只以外表论美丑那是相当 low 的价值观呢。

连男人们都不看脸选老婆了，我们又为何要看脸选嫉妒对象呢。

沫沫和大鹏的婚礼上，大鹏前来敬酒加致歉："美女，美女，上次有眼无珠，竟然没认出你就是陪沫沫去见我的那个美女，干了干了，你随意。"

我调侃道："都知道是美女了，还不爱美女爱沫沫啊？看在这世上还真有不爱外表爱内涵的男人的分儿上，原谅你了。干了。"

大鹏双臂环绕着沫沫，满面红光，心满意足，我分明看到了爱情最真挚的样子。

同在现场的单位的一文艺男青年，在我身边总结道：

"有一种姑娘，其貌不扬，暗香浮动啊。"

我听后，突然想举双手双脚赞同，身体发肤受之父母，我们无从挑选，但人生路途久远，我们有大把的时光把自己酝酿成一个香袋。

这香，是将爱笑、乐观、努力、学识、涵养、才华、单纯、自嘲、韧性、勇敢等看起来乱但是用起来实惠的词儿混合在一起，形成的一种让人欲罢不能的女人香。

而帅哥，总是闻香识女人的。

05

做一个光芒万丈的好姑娘

五媚很少发呆，她打开 QQ 空间，看到了老同学阿邱的留言：

就像奥黛丽·赫本，即使老去也依然是千万男人的梦中情人，你，就是这样的女子。

五媚说，我的整个青春年华唯一的行为标准就是，做一个好姑娘。看到阿邱的留言，我觉得“哦，还好，挺值得的”。

于是她开心地梳妆打扮上街去赴我的约。

她和我讲这段的时候，我在想：什么是好姑娘？是有善心有美貌还是有德才？都像又都不像。

五媚说，你再好好想想，试试看。

我看着她狡黠的目光，突然明白了，两个人相视着哈哈大笑，干脆奖励了彼此一个下午加一个晚上的共度时光。

五媚是我的大学室友，是很多人眼里的一座丰碑，她的故事我酝酿了很久，终究不得要领。

可是 2015 年的情人节这天，我们在一起的这 12 个小时里所发生的故事，慢慢地将她的形象突出出来。

索性我就讲讲这 12 个小时，看够不够来描述一个姑娘。

她和我的每次约会都在星巴克，她都点一杯超大的冰焦糖玛奇朵，她喜欢咬着吸管喝冰。

这次依旧，索性就从这杯咖啡开始吧。

我藏着个写故事的心眼，开始套她的话。她也肯上钩，讲起来就不留隐私。

她会笑呵呵地说，妈妈是上个时代的文青，贴大字报，游行摇旗，合唱演讲，满腔青春热血都流淌在我身上。

她说，妈妈勤俭节约了一辈子，却只对一件事情大方，那就是冰焦糖玛奇朵。

五媚的妈妈我们都见过，怎么说呢，一眼看去，朴实的大妈形象，没有什么特色，但是只要一开口，我们这些小姑娘就只有惊艳的份了。

挡不住的爱国情怀和无数的时尚元素，从她的嘴里缓缓流淌。

与她的外表极其不搭，我想，如果换一身装备，再坐在人民大会堂，以她的口才和文采可以当选外交发言人了吧，或许。

可惜，“就算我曾经精通英语和日语，如今全还给锅碗瓢盆了。”这是我们大四毕业时五媚妈妈请客时说的话。

她当时说了很多，我只记得她当时的表情萧瑟，一如她的卡其色风衣，顺了她的肤色，衬不出她的气质。

既然五媚提起了她的妈妈，我跟着说：“很好奇年轻时代的阿姨是什么样子，一定很迷人吧？”

“不，她是愤青。”

“嗯？”

“所以注定我要温顺。”

五媚暖暖地笑着，她说她的妈妈是愤青的时候，是那么骄傲。

她讲了好多，我大抵总结了下，如下：

五媚诞生在一个充满矛盾与激情的家庭，妈妈本身有着操心柴米油盐和不安于现状的自我矛盾，同时爸妈又存在着老实农民与知识分子交流沟通困难的敌我矛盾。

可是她的父母从来不吵架，五媚说她的童年就在她爸爸一成不变的微笑和妈妈泼辣无休的责备声中度过，虽然没有吵架，但五媚觉得那气氛比隔壁哥哥家里噼里啪啦的摔打声还要热烈。

我很好奇："说起阿姨对叔叔的态度，你怎么那么坦然？"

然后我就听到了五媚颇为经典的答案："爱的最初是仰慕，就像爸爸追着妈妈要结婚。爱到最后是絮叨，就像妈妈追着爸爸喊吃饭。"

好温暖的段子。哈哈。

五媚说：是啊，哈哈，我也逃不掉，妈妈也给了同样的絮叨，最经常说的是，好姑娘在人前要永远笑靥如花。

我脑海里立马出现一幅画面，一位口若悬河正被年轻姑娘们围住演讲的阿姨，笑靥如花，平易近人。不经意抬头看见自己的老公，立马变身河东狮："跑这里来干吗，怎么不去接女儿回家？！"

我笑说，阿姨是要教你微笑，让你时刻面露八齿，永远贤良淑女，啊哈哈。

"算是吧。"五媚意味深长地说起自己为什么对妈妈说的笑靥如花印象如此深刻。

是因为有一天，隔壁哥哥骑自行车载着一个陌生的姑娘，有说有笑地路过五媚的家门口，五媚甜甜地喊："哥哥，你骑车玩呢……"

哥哥回头打招呼的瞬间，"啪"地摔倒了，陌生姑娘嘤嘤地哭了，埋怨道："没看他骑车么？不该说话的时候别说话。"

五媚斜倚着门框浅浅笑着，内心生出一丝快意，心想：原来，有时候笑容里面也不全是喜悦。

讲到这里，五媚狡黠地吐了吐舌头，那意思是你瞧，我就是从那时候懂得幸灾乐祸的。我心想：瞧，别人眼里的好姑娘，就是从那一天开始变坏的。

好难得，五媚的愤青妈咪无比开明，她在门后悄悄目睹了这一切，然后，给五媚买了一身漂亮的衣服和一双红色的舞鞋，五媚开心到终生难忘那个镜子里的自己，她悄悄地对自己说，努力吧姑娘。

至少，要比隔壁哥哥后座上的陌生姐姐出息。

五媚妈妈补了一句："妈没上的清华，你要去上。"

"是的，那时候我才十岁，你难以想象在一个本该跳皮筋的年纪我竟在考虑怎么才能上清华……并且，后来……嗯……真的有人去了，却是我的隔壁哥哥。

"饭饭，真的就会有那么一个人，你看着那么近那么近，却怎么也无法超越无法拥有。最后回头一看，所有追逐的故事都只是成就了更优秀的自己。

"妈妈老早就知道我喜欢隔壁哥哥。她是看着隔壁哥哥长大的，知道他聪明又上进。高考成绩下来的时候，我知道已经与清华无缘，妈妈请我喝了第一杯星巴克咖啡。

“老家是个小城市，没有这种高档的消费，她带我坐了三个小时车来到大城市，就为了给我尝一下这又苦又甜的滋味。”

眼看着五媚沉浸在过去成长的过程里呢喃细语，我内心涌出好多个问号：阿姨是不是也有故事？隔壁哥哥如今在哪里？他自行车上的陌生姑娘呢？

这时候，她的电话铃声响起来，是陈奕迅与王菲的歌曲《因为爱情》。

很熟悉，因为那也是我为宫先生设置的来电铃声，我飞速地发了一条短信给宫先生：“给我打个电话，我会拒接。因为我只想听听铃声。”

其实是，我想让五媚也听听我们设置了同样的来电铃声，那么，她给我讲的故事也许就会多一些。

也难得我有这么乖的老公，听我的话，很快，《因为爱情》就在我的手机里响起来，我挂掉，和五媚相视一笑。

嗯，相识近十年，同居四年，我和五媚却从来没感到这么亲近。

我听她在电话里说“好的，明天的飞机就好”，很温柔很女人。

她挂断电话，说，只有还相信爱情的人才会用这首歌做铃声。

我回道：“网上喊着不信爱情的人是很多，可是没有一个做得到。”

五媚：“别傻了。四五十岁的人都做得到。他们早就不信爱情，只信柴米油盐酱醋茶。”

我：“好吧，你赢了，那七八十岁的人，是不是只信 to be or not to be？”

“哈哈，好吧，刚刚是隔壁哥哥的电话。”五媚说了这句，仿佛有些喜出望外。

我猜测：“你们在一起了？”

“在一起过。嗯哼。”她挑挑眉。

“哦，那你的铃声不应该是《曾经的你》吗？”

五媚笑了，说，既然哥哥来电话了，就说说他吧。

清华自古不缺聪明的男生，可是哥哥是情商与智商都高的才子，从里面脱颖而出简直是意料之中。

他读大一，我读高一，三年的光景我的字练得非常漂亮，因为我写给哥哥的书信太多。同样，这三年的光景把哥哥的生活拉开我很远。

哥哥后座上的那个陌生姑娘既不是哥哥的女朋友也不是他的表姐表妹，不过是个路人甲。

真正的女生是广播学院的漂亮姐姐，他们郎才女貌地混在国内一流的学府，羡煞旁人。

每次回家，他都成了五媚的标杆，五媚爸爸会说你看你看你哥哥多么多么出息。

五媚妈妈则背地悄悄地告诉她：哥哥好，你可以喜欢，但没必要成为他，或者超越他，总之做你自己就好。

五媚说，妈妈总不忘埋汰一句："别听你爸的，他一辈子都在仰望别人。你就做你自己就好。"

可是，五媚多倔强啊，一门心思地找哥哥会合，即使哥哥身边站了漂亮姐姐，依然不妨碍她的努力。

"那时候，我总觉得我的 18 岁会比那个姐姐更有魅力。"五媚傻呵呵地笑了。

我接话道："你是的，你是我身边最出色的姑娘，漂亮，能干，有主见。"

"可是哥哥看不到啊，我不在清华，没法同游校园啊，好沮丧。"

"阿姨为什么爱喝咖啡？还酸酸地说你爸一辈子仰望别人，用这么文艺的字眼。我看她不是愤青是文青。"

不是说好记者总要一针见血嘛，那么，好故事是不也得有个好树洞，爱八卦的树洞。我只能这样很突兀地突然发问了。

五媚沉默了，"算是吧，她是那个年代的活跃分子，年轻时候肯定心里有过别人，我知道那肯定不是我爸，他不是那样的调调，只是，这只是我的猜测，妈妈不提，我也不问。"

“谁心里没点睹物思人的东西呢，你妈妈也年轻过。不过我猜年轻时候的再多情怀也比不过照顾你重要。”

我从大学一开始就注意到漂亮的五媚不俗的打扮，据说大多数是五媚妈妈的作品，她喜欢在缝纫机上裁剪衣服，照着五媚的身材发挥自己的灵感。

所以，那时候的五媚总是很惊艳。

大概，开篇提到的阿邱就是那时候喜欢上她的，阿邱同多数暗恋者一样并没有采取什么行动，只是默默关注着女神的动态。

我也是直到看到他给五媚的留言，才意识到原来如此啊，五媚的光芒简直照亮了校园的每个角落，就连平时会被很多人忽略掉的阿邱都悄悄盯上了她。

嗯，五媚没有去清华，因为高考发挥失常沦落成为我的舍友。省内的一所重点高校，而已。可是她的精彩程度不差于清华的才女。

她像是穿上了红舞鞋的姑娘，陀螺一般地旋转，功课社交进修样样不落，我常常捧着相机屁颠屁颠地跟在她的身后，捕捉她在辩论场、迎新晚会甚至运动场的身影。

她是女神，是学校里的传奇人物。高分拿下四六级和托福雅思，熬夜参加创业大赛，踩着最快的节奏快速完成了学业。

毕业那天，我扶着她的肩膀，说：“五媚，你的毕业总结我给你写了，这四年，你考了 64 个 A，得了 29 个证书，主持了大小 38 场晚会，收到五花八门 42 封情书，拒绝了全校各级 77 个献殷勤的男生，QQ 单向好友达到 2000 余人。恭喜你，好学生，你毕业了。”

五媚也双手拍了拍我，说：“姐姐，这时候，我该倒地气绝身亡么？”

“为什么？”

“累、死、的！”

“哈哈哈……”那时候的笑声还在回荡，我就看见五媚的眼泪吧嗒吧嗒落下来。

她微笑着说：“可是，隔壁哥哥他去了大洋彼岸，我这么努力，却仍然追不上。”

那时候我还奇怪，五媚这场艰难的暗恋屡屡不见曙光，为什么她就不趴在床头大哭一场，偏要笑着流泪。

八年后的情人节这天，我才听说了，阿姨教过她，人前，永远要笑靥如花。

好一个笑靥如花，让一个姑娘藏起喜怒哀乐，成为一个标杆式的五媚。

我不禁想起了中央台的采访，“你幸福么？”

五媚说：“我不姓福，我姓……啊……”

她突然惊诧地看着窗外，隔着玻璃，阿邱在微笑着招手。

此时的阿邱，小毛寸，欧版衬衣，做旧牛仔，哎呀妈呀，整个一潮男，浑身竟也散发出大好青年的味道。

在他没进来之前，我嘟囔：“男大八十变……”

阿邱落座，我们嘘寒问暖，他解释道：“饭饭，谢谢你的微博。”

我这才想起我刚刚更过的“敬请期待，我和女神星巴克10小时”的微博，配图只是两个杯子，和两只握住杯子的手。

阿邱说，我看到了冰焦糖玛奇朵，决定过来看一看，万一是你呢。他望向五媚的眼神真诚而深邃，深到我从里面看到了一个小男生过往的那近十年青春……

在很多男生的慢镜头里，时光总会静静地把所有情怀幻化成一个姑娘的身影。对阿邱而言，那个影子近在咫尺。

那刻，我心里悄悄地泛起了嫉妒，像我们这类在校园匆忙恋爱一毕业就交男朋友结婚扯证的女孩子，永远也成不了五媚。

我们也只能看着一个优秀的男孩千里迢迢穿越千山万水去牵别人的手。尽管这个男孩与我们并无交集，可是他刺激的是我们虚荣的青春。

五媚静雅地笑着，仿佛并不惊讶阿邱的到来，她说，阿邱工作还忙不？

忙啊，不过还好，还好。

那时候的我，真不知道如何是好，离开吧，阿邱并没有来向五媚表白，也没有说什么过分的话，对我们都很热情。再说故事我还没有听完。不离开吧，阿邱这深沉的岁月之恋哪里容得下我。

不料阿邱却像是看穿了我的纠结，说，饭饭，你们好闺密也好久不见吧，我就是路过这里，坐一坐就走。

好一个路过坐坐就走！

五媚说，阿邱，谢谢你在我 QQ 上给我的留言，谢谢你送我的卡布奇诺杯子，谢谢你从横店寄过来的笔筒……还有，谢谢你绕路陪我去入职。

阿邱说，呵呵，你还都记得。我走啦，替我问候于正。

于正就是五媚的隔壁哥哥。阿邱走后，五媚接着讲：

“我和哥哥隔开的大洋，很轻易地把我带回了现实，我开始听爸爸的建议，到了恋爱的年纪。”

她就是那时候注意阿邱的，在我们都喜欢写情书收情书的二十世纪，阿邱却没有写过只言片语给五媚，也没有热情地陪五媚自习或是吃饭过。

五媚认真地交了男朋友齐市，齐市做了男朋友该做的所有事情。

阿邱只是不咸不淡地偶尔在五媚的 QQ 空间留言，总是用很精辟的段子或者很惊艳的表达。

五媚喜欢阿邱的留言，了解阿邱对自己的默默关注，却没有想去跟他扯上关系，大概，受她爸爸的影响，她不喜欢沉默寡言的男孩儿。

然后有一天，他们就非得发生关联。

那是临近毕业一天，阿邱带着隔壁哥哥的礼物出现在五媚的答辩场外。“你看，隔壁哥哥还是记得给我送礼物，庆祝我的毕业。”

阿邱还调侃着说：“在你的空间留太多言，就被你的哥哥抓住当邮递员了。”

我说，嗯嗯，我记得那一天，你得了五个全优，还收到了喜欢的人漂洋过海送来的巧克力。那天你眼睛里放出来的光芒让我们所有人黯然失色。

羡慕，嫉妒，却恨不起来，因为我们瓜分了你的跨国巧克力。

那天，“你和谈了五天的男朋友告吹。”

五媚苦笑：“我从一开始就知道巧克力并不是哥哥寄来的，是阿邱临近毕业最后的一搏。也是那一天，在哥哥那里全然溃败的我，想起来自己不能放弃，还有男生为了让我开心，用心地去编织谎言。嗯……我离开了齐市，决定继续追求哥哥。这个决定让我自己很激动。”

我说，理解，我猜，可能你知道自己对于阿邱，就像哥哥对于你。

“也许吧，总之，就是不再想退而求其次。”

“还有后来的卡布奇诺杯子和横店的笔筒，都是阿邱的礼物。我从来没有说破。直到刚刚。我想我们都快三十了，马上都会结婚生子，我告诉他我其实一直都知道他对我的付出，对他才公平。”

天色已经暗下来，可是我俩兴致高涨，我的好奇心和五媚的倾诉欲可禁不起换地方折腾。于是我们啃了几块蛋糕。

然后就……真正戏剧性的情节出现了，五媚的妈妈突然带着一个男人出现在我和五媚所在的那个星巴克店。

把正在讲故事的五媚惊得目瞪口呆，她起身喊：“妈妈，你怎么来了？”

阿姨也是一愣，说：“你也在啊。这位是你的大学舍友吧。你们先聊吧！这是我的老同学，你齐叔叔，二十几年没见，叙叙旧。”

然后就带着那位叔叔去了另一个角落，五媚喊道：“妈妈，咖啡我给你点吧。”

“不用。”

五媚掉头和我说：“我妈不愧是老党员，这保密工作做的，她在家成天絮叨这个叔叔写一手好字，那个叔叔出口成章，我还真就没听说过有个姓齐的叔叔。”她朝角落白了一眼。

这时候，五媚再也安不下心给我讲故事了，明显地焦虑起来。

喜欢看电视剧的同学差不多都能脑补出接下来的剧情。而实际上也和你们想的差不多，以下是我后来才知道的部分。

五媚妈妈和那位叔叔果然是他们那个年代一对心心相印的朋友。他们曾经紧密相连，又因为各种原因失散天涯。

我们理解不了。他们不约而同地晚婚晚育了，却还是等不到彼此的重逢。最后，五媚妈妈生了五媚，而那位叔叔生了个儿子。

他儿子的名字叫：齐市。是的，五媚五天的男朋友齐市。

本来谁也不会知道，命运的千回百转会给两个人的儿女安排一段恋情。

也许他们父子的基因里有同一种关于爱情的基因。

就在五媚被阿姨喊过去说几句的时候，齐叔叔的电话响了，漏音的诺基亚让五媚听到了仿佛很熟悉的声音，她惊讶到头一次失态了，然后示意叔叔别挂，接过电话进行确认。

果然，对方正是老朋友齐市，他也要过来。

……

这天的星巴克如此热闹，我也不便再待下去了。我起身要和五媚告别，五媚说，别，这都到高潮了，故事马上就结束了。不过我脑子有点乱，你问几个问题帮我梳理一下。

我笑着说，你现在要做的是回家收拾行李，你和隔壁哥哥的电话里不是说明天的飞机？

嗯嗯，可是我还没有说完呢，我还想说，对隔壁哥哥那满腔的热爱我都没有讲给你听呢。

五媚对我一撒娇，我就顺势坐了回去，正好，我还不想走呢，不嫌弃我打扰就好。

我是真知道为什么好多男孩子前仆后继地追她了，刚才那撒娇的小样子简直把我萌化了。

我说："我可算明白你为啥被很多姑娘视为标杆了，真是才貌双全又清纯妩媚的典范啊。莫非，传说中的好姑娘就是这样定义的？可以光芒万丈也可以小鸟依人？"

五媚说："错，聊了半天你还没总结出来啊。好姑娘就是别人眼里的姑娘。啊哈哈。"

切入正题吧。

五媚先后收到了"隔壁哥哥"送来的很多礼物，但是她的账可没记错，在心里感激了无数次阿邱。最后决定，还是专心追求她的哥哥……

时光流转，哥哥学成归来，进入外企，由于个性和能力突出，很快被委以重任，五媚也跟着感觉走，顺利应聘到哥哥身边。

有一天，空着的左手终于被哥哥牵起来，她也不知道什么时候也不知道是哪件事情充当了催化剂……总之，很开心，两个青梅竹马的人终于开始了“地下恋情”。

他们的公司和职位都不允许办公室恋情，两个辛苦的人瞒过了所有人，却瞒不过阿邱和哥哥的前女友。

那是阳光明媚的清明节前一天，五媚作为公司公关陪同哥哥参加一个招标会，对手就是哥哥的前女友。

接下来她亲眼见证了曾经爱着的两个人在战场上唇枪舌剑，斗嘴都斗到旁若无人，心有灵犀，势均力敌，不分胜负。

“追求哥哥的这些年，我永远都去做最努力的自己，我完成了很多看似很艰难的挑战，成就了一个我自己都引以为傲的好姑娘。可是，那一刻，我甘拜下风，我明白，我和哥哥是不相配的，我看到有另外的姑娘举手投足间任何一个小动作都能激发哥哥无数的能量，而那些能量让哥哥也魅力四射……”

五媚叹口气说：“还好，终于释怀了，可以心甘情愿地做四合院里哥哥身后的那个姑娘了，即使哥哥看不到，也还有阿邱他们不是么，谁能看到我的光芒，谁才是和我同频道的伴侣。”

她回公司后做的第一件事情就是：同哥哥分手。两个人都没有太纠结，都保证可以心无旁骛地继续做好同事好兄妹。

可是，说得容易，五媚还是申请了调派到别的办事处，她真的没法面对自己追逐多年的男生，无法接受那么残酷的现实：即使和哥哥坐到一起喝咖啡，依然点不到同一杯冰焦糖玛奇朵。

可是，一回头，阿邱已经消失好久了，不再不经意地出现在她的空间，她的生活中……

“生活就是一出闹剧，那年的清明节我是一个给自己扫墓的，最后刨出一个精神空虚的躯壳。”

还好，五媚得感谢妈妈给她的个性。她从头再来的生活依然惊艳，她，依旧迷人。

五媚说，好了，故事讲到这里，按时间线索差不多也结束了，我明天飞上海了，开启新城市新姿态，祝我好运吧。

我从星巴克打着饱嗝满足地往外走的时候，匆忙的齐市擦肩而过，他对我并不熟悉，我也没打招呼。

走出去，在窗户外面，我往里面看，看到五媚、齐市、五媚妈妈、齐叔叔正握手寒暄落座。

呵呵，真好，无论对于谁，这都是最好的状态了吧。

而我怎么也没有想到，那天回到家写稿的时候，马上迎来了阿邱的版本。

他在 QQ 上和我留言……嗯……讲故事。

加上他的诉说，五媚的形象才更加生动起来，而这个故事，也都有了最好的归宿和解释。

阿邱上来就是一句让我很感动的话："我理解那些很多年都看着同一个女人背影的男人。"

以下多半是他的自述。

他说：初入大学，由于自己内向的性格，看什么都怯懦，直到看到一个魅力四射却温文尔雅的姑娘，那种阳光灿烂积极向上的生活态度严重影响了我。

以至于，我由内向转为闷骚。

很多男生在大学在社会一个接一个地换追求对象，换女朋友，多半是没遇到一个能够让自己安静下来的姑娘。

而五媚的出现，让我成功地避免成为原本自己很可能会成为的那种人，比如从不上课的校园隐士，比如沉浸网吧的多数男生，比如只有二人世界的恋爱达人。

我都不好意思成为那样的人，因为那样会离她越来越远。

我做的所有事情就是努力，不敢懈怠，怕自己不够出色。这么多年，只有一件事让我痴心未改，那就是爱情，我除了五媚谁都不爱。

可是，我是一个不合格的暗恋者，我在角落偷偷看着，偷偷跟着她努力的脚步，就是没有上前，哪怕搭讪一句。

第一次，五媚毕业典礼上的巧克力，真是她的哥哥于正送来的，只不过，他是从国外偷着溜回来看他的女朋友的。

我费了很大工夫见到了于正，给他讲了很多很多关于五媚的事情。

性格内敛不善言谈的我第一次感觉自己口齿伶俐得可怕，记忆力也好得吓人，从五媚开学第一天穿的什么到她获奖感言说的什么，我都能说上来。

可是，回到家我想把那些回忆写下来的时候，提起笔，手都在抖，那些故事，说过一遍，就再无法重复了。我放弃了。

结果是意料之中的，于正表示了感动，很官方地说了句“我只把她当妹妹”。我带着他从国外带回来的巧克力，依然兴奋不已，跑着去送给五媚。

后来，我就理所当然地成了远方的于正，在QQ空间陪她哭陪她笑，哦，不，她基本上不哭。

我找了一个合适的距离一个合适的角色，在她的世界里混成了一个配角。

也很快乐。

今天，我才知道，一切都没逃过她的眼睛，而，这就是她，从没有道破我的秘密，也从没有给过我希望。

前一阵子，听说她和她的哥哥到了同一家公司，我想她终于要发起爱情攻势了，我也不便在旁边碍手碍脚，就又主动缩回角落里。

可是，忍不住啊，这不，今天就失态了，那么远，特意跑去看她，肯定给她压力了吧？

阿邱说了这么多，我十分动容，五媚的青春真叫人羡慕。

他发了问号，我赶紧回："应该没有。"

对方没有了消息，在沉默，我又接着说："她和于正在一起了，又分开了，明天就飞上海了，也许以后上海就是她的大本营了。你要是想见她，她还在星巴克。"

对方打过来一句："好的。"

然后我就去煮咖啡了，想就着故事继续尝尝苦中带甜的味道。

直到第二天凌晨五点，上 QQ，看到阿邱的留言。

"我又回去了星巴克，可是晚了。

"我坐在你们的位置，喝了一杯她最爱喝的咖啡。呵呵。

"好吧，我承认青春散场了。

"我不知道五媚会不会失落，但是我决定不再原地踏步等她了。原地踏步的我只配看她的背影。

"我也要奔跑起来，说不定哪天可以和她肩并肩坐在一起，哪怕只是朋友。

“只是，我得承认，星河移转，我心里的五媚，永远笑靥如花。感谢她。

“晚安。”

我在心里默回：不是晚安，是早安。

CHAPTER 3

珍惜梦想，也要珍惜那个珍惜你梦想的人

拉起她的手，将幸福轻轻地扶上自己坚实的后背，一步一步地向前，无论前路是遥远还是苍茫，我都要陪着她。

01

倔强的北漂姑娘

2009 年经济危机，很多毕业生都找不到心仪的工作。有人回家啃老了，有人骑上个骡子慢慢找马去了，而我身边那个最倔强的姑娘荆贝贝却选择了北漂。

她说：“我真的就是传说中高不成低不就的人。可是那又怎样，我就是想朝着那稍微高点可又现实点的位置翘翘脚，无非就是多努力些么。”

我看着她的严肃劲儿，笑了：“你的双脚还真没翘，它们更多时候还是在和地铁亲密接触吧，已经不止一位同学传回来消息称又在几号线地铁撞见你了，背着个包，半倚着座位护手，假寐。”

她依旧严肃，瞪大眼睛反问：“那怎么不和我打招呼？”

我猜，那些能在地铁遇见贝贝却没能打招呼的，一定是时间来不及，他们啃着面包在赶路，无非想这一天的工资能够完好无损，而不是因为迟到几分钟而少了五十元。

可是，“荆贝贝，你爸是高官，你妈是巨商，你为何不回家，反而在地铁里流浪？”

贝贝听着地铁二字，忽然两眼放光，说：“没有啊。我在地铁上的时候，多半在想下一站去哪里，没想好的时候，我就会赖在里面来来回回地坐，哈哈，反正只要几块钱嘛。”

我看着她疲倦的样子，反而不想再刺激她。因为她所说的话，已经在我的脑海里慢慢变成一幅画面。

一个姑娘清早挤地铁去面试，被告知回家等消息吧。她不知道该去哪里，就又上了地铁，一站一站地坐下去，在思考，究竟是去比较远的那场招聘会还是回家翻 58 同城投简历。

那是她们所有北漂姑娘的必经之路，只不过有的人很快就下了地铁，有了写字楼可以去上班，而有的人为了更好的追求，将所有的迷茫留在地铁里，等冲出出口，又是一个打了鸡血的求职者。

那时候我们都刚毕业，我在老家找了个教书的工作，贝贝在北京白天找工作，晚上学技术，她总想着自己可以更优秀更出色。直到我们同班大姐大都抱上双胞胎，当起了超级辣妈，贝贝才兴高采烈地打电话给我："方正把我给收了。"

我很不解地说："你这昼夜忙活着充电比别人多奋斗了一年，不过才签了方正？"

贝贝说："哈哈，咱俩的人生都还有很长，可是你的故事已经讲完了，而我的故事才刚刚开始。这就是方正的魅力。懂么？"

我不服："凭什么啊？我虽是名一眼万年的教师，可是我的故事怎么会讲完？毕竟我的满天下缤纷桃李，精彩无数，一切未知啊。"

贝贝说："我不听你的自我安慰了，趁着没结婚，来北京漂一漂呗。瞧，隔壁的 IT 大楼型男无数哦，来钓一个金龟婿再回老家才是正解。"

挂了电话，我虽唏嘘着人生观价值观的大相径庭，但是已然魂不守舍地开始百度谷歌各种关于北京的新闻，甚至耳机里都开始播放《北京，晚安》。

那时候，她的目标很单纯，只是想在北京站稳，有份自己满意的工作，有个安稳的家。她的努力也是大家有目共睹的，短短一年，365 个夜晚加班，她把自己修炼成一个能设计会 P 图可以写程序的超级 IT 女特工。

我们都以为自学成才的她不过长了点噱头，真正上场还是难成气候的。面对我们的质疑，她非常骄傲地讲述了在方正终面时和部门经理的一场交锋。

她说部门经理是一位胡子拉碴的渣男，外表很渣，却法力无边。曾经单手收了数届清华北大计算机学院的院花，让无数浓妆淡抹的美丽女子自愿放下发束，趿拉上拖鞋换上短裤，伏案写程序。

我抿嘴笑，说："也就是你看似去了方正，实则误入后宫？"

荆贝贝白了我一眼，继续吹嘘："你懂什么呀，这些个妖艳女子，各个聪明绝顶，伶牙俐齿，无数正能量等我去吸收。"她夸张地做了一个吸星大法的手势，嘴里念念有词："我吸，我吸……"

我打断她："你先别吸了，还是先讲讲你的首场入职大戏吧。"

荆贝贝扑哧笑了，换作温柔状，用我真的分不清是低调还是低沉的声音说："其实没什么啦，别笑话我，我在面试结果公布之前，就去上班了。"

我太了解她了，第一次没有高调炫耀自己，一定有一个转折在里面，但是我得配合她呀，便故作感慨地说："真的吗？你看你就是那么优秀，经理都等不及就让你入职了。"

而贝贝只有在夸赞之下才会松口说实话，她又嗤嗤地笑开了，说："饭饭，你又套我。你明明知道真相之后还有真相。"

我大骂："有屁快放。"

"好吧，我去胡子经理办公室门口蹲了三天，第三天才和他说上话，就是我的执着和我的那句话打动了他。"

我那该死的好奇心，不猜会难受死："你说经理你好帅还是说经理你看我好漂亮？"贝贝说："你那么肤浅，注定只能照本宣科做个教员。"

我说："你侮辱我可以，别侮辱教员，没有教员，也没有你光明的未来。"

贝贝说："我只是在经理第三次路过我身边，皱着眉头望向我的时候，弱弱地问了一句：听说写程序需要耐心？"

她想暗示经理自己很有耐心，你看，都去蹲点了三天就为说上一句话。我哈哈大笑，聪慧如我，看破天机，大声质问贝贝："说重点，说重点，你那三天穿了什么？！"

贝贝说："好吧，白T恤，喇叭裤，马尾辫，平跟凉鞋，还特意去配了副黑框眼镜。看起来就是一书呆女，我不写程序谁来写程序？"

我大呼："荆贝贝，你那么美，那么机灵，那么有胆识，北漂的人那么多，你不出头谁出头？"

是的，当一个口口声声念叨着"一般的女孩子做不了这份工作"的部门经理连续三天在自己办公室门口看见同一位姑娘，她看起来不会打扮不会化妆还有点天然呆傻，并用实际行动向你证实了自己确实有耐心。此时，他的心里一定有万种窃喜涌上，再不录用更待何时？

就这样，贝贝同学成功打入深宫内部，此后一年，沉默寡言。

同在一片蓝天白云下，每次，当我从讲台上口干舌燥地下来，一句话也不想说的时候，我会端着咖啡杯，想：贝贝，她此刻在干些什么呢？嗯，我知道，她在写程序写程序写程序。我偷笑，呵呵，那么倔强的她也不过如此。你瞧，她的故事刚开始也已经结束。

毕业终于两年了，有一天，群里一片欢腾过后，我惊恐地发现，妈呀，贝贝她几乎预言了所有人的日子，我的同班同学，无论在私企外企国企还是个体，生活都可以用同一个词描述，那就是“一眼万年”，无一例外。

所以，当她捧着一把钞票，穿着里长外短上下不分的文艺范儿衣装出现在青岛的时候，我有些许诧异，而又有些理解。

在街角的咖啡店，我劈头就是一句：“怎么这么有空？辞职了这是？”

贝贝漫不经心地说：“还是你最聪明。”

我问：“为何？”

她忽然抬高声音，笑着闹我说：“因为等到花儿也谢了，也没等到饭饭你去看我，或者金龟婿来钓我，哎，一样都没有。”

她的辞职我其实还可以接受的，毕竟她的爸爸妈妈虽然不是李刚夫妇，但也总是不厌其烦地喊她回家吃饭，恨不得八抬大轿抬起这个宝贝女儿，再齐声喊个口号：闺女，我们养你，你别那么拼。

可是，贝贝那挡不住的失落，还是让我心疼了。她说方正里果然有无数才华并茂的女子，她们聪明果敢，各个都能独当一面，可是，里面更多的是同部门经理一样，趿拉着拖鞋不穿正装没有肌肉的文弱书生，他们的青春和荷尔蒙都献给了若干叫作《传奇》的大型游戏和程序代码。

“在那里，我找不到梦想，也找不到爱人。”这是贝贝的理由，她握着手里的一摞钞票，在青岛过了小资的一个月，重新回到北京，继续漂。

她离开青岛的那一天，我说：“你就这么漂吧，总有一天，你还是会漂洋过海来我身边的。”

她回：“凭什么？”

深夜，但凡我孤单至极给贝贝发去短信或者QQ信息的时候，总是第一时间就收到回复，好吧，她始终在我触手不及的地方阴魂不散。有时候她也会厚颜无耻地自拍一张窗户上的她的影子发给我，玩倩女幽魂。

但是更多时候，她会发一段让我思考的语录：

“饭饭，在方正沉浸的那一年，我虽用脑过度，头发掉了一把，可是我能吃了啊，我每天加班回家必须补充一个面包，你看我的腰围从一尺九到了二尺二。”

“饭饭，北漂上漂被各种分析各种逃离，可还是有它存在的道理，就像昨天，我看到一男人，一看，我就觉得他什么都有，有智慧，有情商，重点是他有模有样，肯定也有钞票无数。”

“饭饭，你说咱们的爸妈怎么就那么肤浅，难道女孩子的梦想不该去实现，女孩子就只能毕业就恋爱结婚生子？嗯哼，他们上一代，语文普遍不好，不知道一个词叫成就感。他们都把体育好错当成有文采，比如老说我折腾。”

我被她搞得心烦意乱，心想，无论如何得去北京瞧一瞧。我要去亲口告诉她，你得快点，你得加油，你的语录我都整理了一本了，你怎么还没找到你的理想之路。别等我们都老了，你还在你通往未来的路上做无畏的探索。

没来得及安排日程呢，就被她的传闻搞得对京城好感全无。有些事，朋友是可以直接上去张口就问怎么了的，而有些事，你只能假装没听说。比如，贝贝泄露了公司机密惨入同行黑名单，再也进不了专业行业大门。

难怪她来青岛，捧着那一摞让我吃惊的钞票；难怪那么勤奋的她竟然舍得给自己放一个月的假期。原来她被黑了，找不到工作了，一切看起来合理了对么。

可是，事实是，我实在找不到她那么做的理由。我只是，在心里无限感叹和遗憾之后，忍不住在讲台上教育我的学生："大城市一定是充满诱惑和欲望的，如果你没有足够强大的内心，没有忠诚于社会的思想，你还是乖乖地选择读个青岛大学吧，在青岛，安安稳稳，平平静静，也是很好的一生。"

说完这些，问我的学生："想好报哪个大学了吗？"

回答仍旧是清一色的"清华""北大"，没有第三个词出现，我愣了愣，狠狠地告诉他们，"你们想太多！"是的，高中学生有几个真正相信自己的实力其实离名校很远，每个人都争相在亲友面前夸夸其谈，"发挥好的话肯定是名校。"

而大多数都没发挥好，如当年的我，如当年的荆贝贝，只能考个普通大学读读。好在我懂得安慰自己，见好就收，母校招聘教师，千方百计考到名额呗。

荆贝贝就不一样了，她背着自己能上清华北大的莫名自信继续踏上社会打拼，在方正碰了一鼻子灰之后，她的表现让我捉摸不透了。

我不问，她不说，就是女人们最常见的友情交流方式。我们依旧QQ聊天，无关痛痒的话题无病呻吟一下而已，她也依旧爱给我发自拍照，然后我就突然从她的照片的窗户上发现了一个男人的身影。

这下机会来了，赶紧致电过去打听："哎哟，有要事没向我汇报哦。”那厮给我一个俗滥无比的谎言：那是我弟弟。

行吧，明知是敷衍，我强压住不满，和她炫耀起我那相亲得来的宫先生，如何疼我，如何爱我，无非就是想刺激她。让你不和我说实话，我看你忍到什么时候。

那天晚上挂了电话，很长时间，她的 QQ 头像不再跳动，两个人都很尴尬了，不想说话。第二天早上，QQ 上她大段的留言给了我一个更大的谜团。

开朗的贝贝，很少这么严肃地讲话。

她说绯闻都是真的啦，自己没守住职业底线啊，接下来的路没法走啊，你看到的自拍像其实是三个月以前的啦，那个男人早就因为我的出卖资料而离开我啦……嗯，她祝福了我和宫先生。

一大波悔意朝我涌来，我的北京之行看来必须进行了。我的好友荆贝贝，此刻，可能需要我。

下了飞机，我找不到前来接站的贝贝，不至于啊，她那么高，嗓门那么大，怎么可能对不上头。我索性先去厕所吧，就在去厕所的路上，我看见一个好熟悉的背影蜷缩在角落，手指还默默在地面上划拉着。呵呵，是贝贝，我认识她那盘起的黄软黄软的头发。

我高兴地飞奔过去，“嗨”一声，吓了她一跳。接下来她的表现，让我的眼泪一下子奔涌而出，我心疼她。她小心翼翼地站起来，下意识地四下张望，生怕有人认出她，就和做贼一样。我想说，你别这样，你没那么出名，不会有人认识你，也不会有人突然出来责备你，就算你犯了错误，也不是什么大罪，没必要这么紧张。

话到嘴边又咽了回去，我想我还是不说话吧，也许她根本不知道她的下意识动作呢。

旁观者清，当局者也不迷，贝贝开口说："饭饭，我总是做噩梦，我不该那么做的，唉……这里是北京，我不敢从 IT 街走，我感觉人人都在看我，我好怀念青岛的那段日子。"

我说："那就跟我回去，青岛也蛮适合生存的。"

她咬着嘴唇摇了摇头，大概还有力气在这个城市挣扎吧，还没有完全灰心。

那个晚上，我们毕业后头一次在一张床上，盖着一条被子，熄了灯，卧谈。我们都睁着眼睛，看着天花板，讲心事，讲收获，讲打算。

贝贝说，她就是在那一队趿拉着拖鞋穿着短裤还胡子拉碴的男人堆里看到前男友的，因为他的胡子比别人长，头发也比别人长，还扎起来了呢。

后宫的那一群女人劝她不要玩办公室恋情，可是，新人不听劝，情窦初开的贝贝屁颠颠拿着自己项目的一叠资料去赴前男友的约，轻易地被别人调了包，项目被对手赢了标。

贝贝总结说，美丽聪明大方还有耐心又如何呢，遇到男人我们女人就是一白痴，情商低到零。

唏嘘了一阵，感慨了人心难防，我劝她："不要往心里去，好工作好男人多的是，权作收集经验喽。"

贝贝苦笑，"这是个哑巴亏，鸡飞蛋打的事我此生只干这一次。所以你让我跟你回青岛，可是不是现在啊，我不能背着一黑锅，远走他乡去洗白啊。还是在北京吧，挺好的。"

她倔强如初，我飞回青岛，想着默默地做她的垃圾桶吧，在她需要倾诉的时候送上耳朵一对，便是闺密中的闺密了。可是，有时候，我真的不爱听她的故事，她经常让我握起拳头，暴跳如雷，也改变不了她的决定。

她哭着给我打电话，说自己从动手动脚的老板那里刚逃出来，淋着瓢泼大雨，她一路唱着《单身情歌》一路用手指把朝她按喇叭的汽车指回去，她说真爽。

我说："什么老板？"

她说："印刷厂老板，我去拉单。"

我说："拉就拉吧，暴雨天拉个屁。"

她大声嚷嚷道："经验少嘛！才知道他妈的下雨天约我，我不好逃脱啊！"

我说："回来回来！你不适合拉单。"

她说："是不适合，我的目标是大区总监。"

……

我想所谓的人生低谷不过如此，泡着面写着简历，每当有个回复，希望而去，失望而归。

马路牙子徘徊了上百条，脑细胞想破了上万个，荆贝贝抱着她的北京梦，将自己拖得疲惫不堪。

她说我不敢上网不敢开手机，每月的房租和水电费压得我喘不过气，我想回家找爸妈，可是如果那样，我的尊严还要不要了，当初倔强地非要自己闯一闯，这么快就撑不下去了？

我狠狠心，说："活该，方正那么正经的工作，让你自己作没了。"

她说："哦。"

开始我总不能理解那么出色的她为何只一个错误便开始一文不值。后来，贝贝告诉我因为她已经错过了最好的时间，蹉跎过两年，她早已经不是应届生，没有哪个稍微好点的公司愿意接受一个在社会上浪荡了两年简历上的工作经历还是零的人。

方正的那一年，因为污点的存在，是万万不能写到简历上的。

而我在远方，也只能祈祷她快点转过弯，随进逃离北上广的回乡大潮，回山东，和我一样安稳地结婚生子，过一生。

可是，有一天，她毫无征兆地告诉我，要和王守一去爬长城了，我刚开始很开心，说出去玩玩也好，老在家里写程序当枪手也不是办法，总得重见天日嘛。

她来一句，呵呵。

我有点狐疑，敏感地多问了一句：王守一是谁？

她说：就是你照片里看到的那个隐隐约约的影子。

我说：掉包你的资料卖掉你的诚信毁了你的职业让你的自信自尊一夜间落地的那个男人？！你们还手牵手去长城？！

贝贝没有说话，我继续喋喋不休，离开他离开他离开他，不容置疑的口吻。

贝贝对我而言，是勇敢与自信的象征，她身上所散发出来的力量曾经让我在复习时不敢放松和懈怠，最后在考场上所向披靡，首战告捷。

所以，我是她的朋友，而她是我的精神支柱，我见不得她的男朋友是如此明显的错爱。可是，贝贝哪里是来询问我意见的，她明明是来通知我的。

任凭我在青岛急得干跺脚，贝贝开始在空间满血复活，全部都是她和那个男人的恩爱照片。那时候，我常常在拨通她的电话的时候语塞，因为不知道说什么，总觉得，上学时候那个鬼马精灵的姑娘，挑选的男人怎么让人大跌眼镜。

不想说话。

贝贝也没有再来说服我什么，我也同她渐行渐远，两个人生活方向和价值观的千差万别就快把这场友谊终结了。

这时候，贝贝可怜兮兮地来找我了，我一副冷眼旁观的态度，等待她和我哭诉男友如何不忠不孝，罪该万死。可是不然，贝贝说，亲爱的，我在北京就要爬不起来的时候，他回过头来找我，我们抱头痛哭了一场。

我说："所以他就化身成了及时雨，给你泡了两次面就把你从低谷拯救出来了？"

贝贝有些微怒，说："饭饭，事情不是你想象中那么简单，在北京，人人自危，人人自保。那时候，他不过是看了一眼我的资料，他只比我多报了一个条件，就中标了。也许，我们公司本来就有漏洞，也许，我们公司本来就想裁掉我。"

我说："嗯，你就继续自欺欺人吧。"

贝贝说："不管怎样，我和我男朋友有难，你肯帮么？"

我拒绝了，理由很简单，我没有办法把十万块拿出来，给两位都有诚信危机的人。贝贝理解我，她说：“你说得很对。那你知道我为什么原谅他，和他在一起了。你也说了，我们两个都是有诚信危机的人。我们两个本来就是一类人，我没有资格嫌弃他。”

呵呵，我竟然无言以对。

就这样，毕业之后，我亲手送走了一个还算关系密切的闺密，有种老死不相往来的感觉。

有时候，和宫先生深夜聊天的时候，谈到贝贝，宫先生反而能理解她。他觉得女人都是很有韧性的，甚至比男人更能经历起落，更能宽恕错误，只不过有的女人的韧性更多表现在对待家庭生活上，而有的女人的韧性则表现在对追求的执着上。

就像贝贝对于北京。

时间过去好久好久，久到我都当了妈，久到我身边的闺密随着工作的调动换了好几拨，荆贝贝才肯原谅我当年不借给她钱的不义之举。

而我也确实后悔了当年的举动。萝卜白菜，各有所爱，我凭什么干预贝贝的择偶标准呢，我自己不是也找了一位如今看来满是缺点的宫先生么。

她领着一个微胖的男人来见我，我尴尬地说：“嗨，要不是你把那个渣男换掉了，我才不会见你。”

她也很尴尬，说："嘿嘿，没有，没换呢。"

我惊大嘴巴："怎么会，那一个高高瘦瘦很苗条，这位现任虽说也很高，但胖出去两个型号……"

男人说："饭饭你好。从北京离开后，我这膘就一路飞涨，让你见笑了。"

恰好宫先生赶来解围了，两位微胖界的男人代表一见如故，各自领了一列青岛啤酒摆在身后，开聊。

一个说青岛你好，一个说北京你好。

两个女人则吐槽男人们，青岛也好，北京也罢，两个地理名字怎么能当下酒菜？！不如一盘蛤蜊来得实在。

我说："贝贝啊，来，给我讲讲你的北漂经历和经验。"

贝贝说："好嘞。"

她的男朋友叫王守一，之所以回头找贝贝，有两个原因：一是因为不光彩得来的项目为他换来一笔钱，他得去回报贝贝；二是因为他的名字，不允许他再去找别的女朋友。

我说："呸。这你也信。他回去的原因只有一个，因为你貌美如花，性感无敌。"

荆贝贝说："也不全是，我也刚好真就单身嘛。"

我说：“我真是不待见你家王守一的一头长发，什么时候剪掉的。”

荆贝贝说：“创业嘛，没空理发，就剪掉喽。”

原来，当年，她同我借钱未果，同很多人借钱都未果之后，她父母托我们同班辣妈大姐递上了那救急的十万块。

荆贝贝决定破釜沉舟在同北京决斗一次，她拉着自己的男朋友开了科技工作室，拉单写程序熬夜不吃饭，所有的苦，她都能吃，所有的脸面，她都放得下。

两个斗志昂扬的人凭耐心和毅力摸爬滚打了几个月，一翻账本，余额是负十万。他们面面相觑，并一夜未眠。

贝贝给我讲这段的时候轻描淡写，有时候还微笑揶揄自己的固执，可是，我可以猜到两个人为这项失败的事业投入了多少精力和汗水。

我握住她的手，说：“你真的太勇敢了。我做不到，我佩服你。”

贝贝摇摇头说：“没什么的。我们不是北京城里唯一的落败者，我们是比较幸运的，因为还年轻，负债也不多。”

宫先生说：“干杯。欢迎回山东。”

贝贝说：“你也欢迎得太晚了，我们回来快一年了，资金也已经准备得差不多了，下个月就要杀回北京了。”

我转向那位我并不是很喜欢的男人，说：“你就容她这么作？”

王守一笑而不语，做了个奋斗的手势。

贝贝临走，给我发一短信："完了，我真的没救了，这北京和这个糟男人，一个我也放不下了。他们虐我千百遍，我待他们如初恋。"

我的心情久久不能平静，很多年前那被贝贝撩动起来想去北京看看的欲望，又重新袭击了我的生活，可是，注定我只能羡慕她到这里了，我还有更重要的宫先生和小宝要用一生去守候，北京就只能是个遥远的城市梦想，而已。

我给荆贝贝回复道："这次，我真的信了，你的人生才刚刚开始，你的故事会更加精彩。祝福你。"

02

珍惜梦想，也要珍惜那个珍惜你梦想的人

他总是在幻想：

一望无际的雪地，连绵至远方的寒山，寂寥空虚的天地之间站着一位美丽的姑娘，大红裙子亮得耀眼，她笑意盈盈地回过头来，说：我愿意。

如此这般，对面无论是什么样子的男子，皆会为这世间最美的画面臣服，俯首前往姑娘身边，拉起她的手，将幸福轻轻地扶上自己坚实的后背，一步一步地向前，无论前路是遥远还是苍茫，我都要陪着你。

……

这个场景里的女主是小四姑娘，她说："事实上，我

是一名群演。”

小四姑娘是我一个朋友的朋友，时髦漂亮，毕业于电影学院，尚未混出名堂。但是，娱乐圈姑娘娇滴滴的病一样不少她全有，和她聊天，我还是感到了遥远的距离。

她喜欢在席间起身离开去洗手间补妆，不喜欢散席后同我们挤出租，喜欢自由奔放大声说话的同类，不喜欢善于观察沉默单调的采访者。

气场的不合，让我曾经一度放弃了对这个故事的探寻。

在我这颗敏感清高的心里，也曾经一度认为这样行走在规则和观念边缘的女子，不会有男子倾注给她真情，只会和她逢场作戏。

要不是朋友以诚意数次相请求，我才懒得理她。

她拉着我的手穿梭在张学友的演唱会门口，贴着满脸的贴画，夸张地尖叫欢呼，我受不了如此放肆的她，说：你安静下来，等会儿你的学长不是要来？

她立刻安静下来：他总是失约，也不差这一次。

用美人计换来保安的胸牌后，她混进后台，低头哈腰地分发名片。我战战兢兢地跟在她的身后，替她数着被男人看向胸口的次数，一次，两次，三次……二十一……三十二。

可能是我不够小声被她听到了，也可能是因为她递出去的名片再也找不到人接收，总之，她忽然转过头来，泪流满面地问我：饭饭，我美不美?

我大吃一惊，前一秒那些甜甜糯糯的声音是她发出来的么，怎么后一秒就可以如此悲伤。

我忽然不那么讨厌她了，她也算是挣扎在理想边缘的一枚普通姑娘，就说：你很美，也很努力。

小四姑娘瞬间落寞下来，垂头丧气地缩在角落，胸口全部暴露在外，我用不着再数了，来来往往的男人们再看过来，不论次数了，论分钟。

她的手机铃声响起来，打破了可怕的尴尬，她瞬间恢复了原样，嗲嗲地接听电话，仿佛对面就是上帝，而她是上帝的服务员。

为了出人头地，她的确很拼。也许只有外表潇洒不羁，才能掩饰她内心关于失败关于不能脱颖而出的那种落寞。

她爱的学长我从来没有见过，可是我对她学长那似雪花般飞来的情书已经反感了。

真的爱她，就陪她听一次张学友的演唱会；真的爱她，就给她捧上一碗热乎乎的麻辣烫。写什么没用的情书，和感冒了有一个总叮嘱你多喝水的男朋友一样多余。

小四姑娘却在一个周末的傍晚，约我去给她的这些情书编号，她说这一封是学长托张艺谋导演送来的，那一封是她第一部戏得金马奖时在主持人颁奖书里藏着的，最底下那封是她在公交车站地上捡到的。

她说：你看，学长多么爱我，他对我的爱无处不在。

我说：你得幻想症了吧？

她说：那有啥，我就要回家乡做个小白领了，还不允许做做梦啊。

我说：我不信，这不是你风格。

第二天醒来后，她还是浓妆艳抹地去下一个组里了，风雨里摸爬滚打，镜头的边缘偶尔扫到她的衣角。她没有抱怨，用尽全力转动身体，努力地演好她的那个裙摆，争取脚趾头或者手指头不经意间上镜。

我想起了我的朋友忐忑。忐忑，是一位编剧，腿长到不会打弯，胡子拉碴，头发很长。他请我喝过无数次咖啡，用了无数的精力和时间来说服我：

找一个冬天，带小四姑娘去山东威海。

他要在北方大雪纷飞的季节里，替她穿上最美的红色长裙，拍一部电影。

他说自己中意小四姑娘许久，欠她一个主角，欠自己一次救赎，欠影视圈儿一个规则。

我几乎是在头昏脑涨的状态下回放了那一个场景：

小四姑娘和忐忑在酒桌上陪一群不知名的电影副导们吃饭，忐忑尚未拥有自己的作品也是小喽啰一名。

二人几杯酒下肚，忐忑歪在一边，小四姑娘被一个人搂着歪歪扭扭地出门，忐忑说那贼翘得屁股一扭一扭的，让醉酒的他脑补了大段春光，然后不知道从哪里来的勇气，一个箭步冲上去拉住了小四姑娘。

忐忑推开猪一样的副导，打着哈哈：导演导演，我女朋友醉了，我送她回家，安顿好她以后我再回来陪你们，喝，白的红的啤的，咱喝一宿。

导演拉回小四姑娘：谁要和你喝？我要送小四姑娘回家。

忐忑说，自己五大三粗的个子，对付肥皮囊一样的副导，能费什么力气。可是，就有一种力量推着小四姑娘离开自己的手腕，倒向了流氓怀里。

俩人继续依偎着离开，忐忑难以想象美丽的小四姑娘的清白在自己眼皮底下被玷污，一个激灵醒了，他听着小四姑娘和副导在解释：他才不是我男朋友，我从来没谈过恋爱呢，只暗恋过一个学长，那算么？

二人暧昧的笑声回荡，忐忑瞬间明白，那股莫名地推着小四走向深渊的力量竟是小四姑娘想红的心。

小四姑娘红得耀眼的红裙再次勾起忐忑内心的熊熊怒火。

他不由分说地上前，“啪”地给了小四姑娘一巴掌：喝多了吧，醒醒吧你，跟我回家。

就这样，忐忑的一巴掌打蒙了姑娘，也打散了两个人本来就不深的路人情谊，小四姑娘在第二天找到忐忑，淡淡留下几句“我学长都不管我，你凭什么管我，再也不想看到你”等绝情的话，然后拉黑了忐忑。

我跟小四姑娘交了一个月的朋友，见到她每天那不重样的性感大胸之后，找到忐忑，给了他一千块，扔下一句话：这一年你请我喝过的所有咖啡钱，给你。

对不起，我写不了她的故事，我不认同她的价值观，没法写。

朋友说：我他妈的不是让你写书，我让你用尽所有方法把她弄到威海去，我要给她拍电影！拍电影！

我说：就算她去了她也不会喜欢你的，她对那个学长的爱已经刻入骨髓了。再说你拍什么电影啊？请问投资呢？钱呢？钱呢？

忐忑头也不回地走掉，临走抓走了我给他的那一把钱。

我劝不了这个圈子的任何一类人。女演员为了成名千方百计，男编剧为了爱情异想天开。

我的离开，让小四姑娘气愤不已。她说她的故事正发展到高潮呢，我怎么能如此不负责任地离开，这写了一半的稿子搁浅了，不是半途而废么。

我狠了狠心，也没法告诉她，我本来就不喜欢她，不喜欢她的胸，不喜欢她的嗲，不喜欢她的逢场作戏。

至于忐忑请求我对她做的跟踪采访和写故事，我更是只字未提。我想就算有一天忐忑想变个方式，直接表白，那这一切由他来告诉她比较好。

我差点忘记了，忐忑的最终目的，是约女神去大雪纷飞的威海，拍电影。

后来，好几年间，威海下了一场又一场的鹅毛大雪，微博上到处飞的图片美得让人心生向往，我默默地写了一个又一个结局完美的爱情故事，却独不知我的朋友忐忑的爱情如何了。

只是听说他神出鬼没地写剧本，没日没夜地赶稿子，人老了，也瘦了很多圈，微信微博上也销声匿迹了。

我忍不住了，发个短信给我许久未联系的朋友忐忑：近来可好？那部电影还拍不？

忐忑回道：呵呵，还俗了，不拍了。

我说：这才对嘛。

忐忑说：我和小四姑娘来威海定居了，窗前就会有鹅毛大雪，给她买了大红色的羽绒服，纯白的帽子围巾和手套，很美，也很暖。

我感到十分意外。

忐忑最终没从才华扎堆的编剧堆里冒出尖来，但是熬了数百个长夜，用时间换来了不少辛苦钱。

当他捧着一摞血汗钱找到还在跑组的小四姑娘时，小四姑娘当场就脱了戏服，哭得比窦娥还伤心：你怎么才来，我早就撑不住了。

忐忑说：钱够了，我们自己拍，你是唯一的女主。不当群演了。

小四姑娘说：多少钱？

忐忑说：二十万。

小四姑娘“哇”的一声又哭了：够了，够了，够拍一部微电影了。

后来，连拍微电影也作罢了，他们觉得那些钱不如拿来在威海的某个小县城买个房交个首付，他们觉得青春再也经不起折腾了。

我惊讶，不是惊讶于忐忑抱得美人归，这世上最美好的爱情一定是耐心换来的。我惊讶的是，一个正值青春满腔热血的姑娘怎么说服自己放弃理想，卸甲归田的，她，得花费多少力气来说服自己呢？

我拨通了小四姑娘的视频电话，说：对不起，如果我当初肯多花一点心思说服你去威海，你们俩或许可以早一点收获幸福。

小四姑娘调皮地笑了，头一次见她不化妆的样子，比化着妆更美一筹，她问我：饭饭，我美不美？

我认真点点头：你很美。和你身边那位年纪轻轻就十分老态的男人相比，你美大发啦。

哈哈，对面的忐忑和小四姑娘笑了起来，一个老气横秋一个花枝乱颤，感觉起来，倒也般配。

电影不拍也就算了吧，他们的生活和过往的故事，已是最动人最怀旧的电影画面。

我不知道，文章开头的那一幕，忐忑心目中最美好的画面没有拍成，他有没有遗憾。

小四姑娘仿佛看穿了我的所有疑问，说：饭饭，在想成为女主角这件事情里，千方百计的是我自己，逢场作戏的可是所有人啊。那些年，除了忐忑，我看不到一颗真心。

我不解：你不是因为他打你的那巴掌，和他老死不相往来了么，从哪里看得到他的真心？

小四姑娘解释道：可是忐忑没有听我的话，他虽不见我不给我打电话不发微信，可是他的情书如雪花一般飞来啊，你记得不？你还帮我编过号，那是我的精神支撑啊。

我说：哦？那些信不是你学长写给你的么？你不是深深爱着你的学长么？

小四姑娘说：信是你的好朋友忐忑写的，只是那时候的我只肯拿来当慰藉，想象成是我学长写来的，不然，哪来的勇气做那么多年群演呀！我是爱我的学长啊，他的歌陪伴着我从小长大，从大变老，能不爱么，可惜他不爱我……

我说：你的学长是?

忐忑说：张学友啊，不然，你以为呢?

03 一 · 爱上不羁男

紧张是个什么东西，什么鬼，

为消除它，

李尧和我贫了九年。

（1）

很遗憾，没有人告诉我，我很美。我的妈妈也只是说：你要好好读书。

后来我才知道，死读书的女孩子遇到爱情，就像考试遇到解不开的难题，除非有把握，不然绝不下笔。而过程，总是紧张的。

就像我遇到李尧。

每次想起他的名字或者面对他的热情，我的心里总是一阵莫须有的紧张，话到嘴边讲不出，笑到眉角不自然，犹如一片晚霞，一边熊熊燃烧，一边快速地落幕。

倒是有很多人提醒我，李尧很帅，帅到他都成了校园名人，我还只能捧着一本课本，把少女情怀深深地埋藏起来。

我知道，上课时，他经常会坐在我的斜后方，和老师开玩笑，和女生们高谈阔论，好听的声音越过人海，敲打我的头颈，仿佛在说："嗨，小七，你什么时候才能健谈起来，好同李尧谈人生谈理想。"

慢慢地，当他的声音没在教室里出现，我会回转过头找他，一不小心碰上他的目光，他的嘴角微微上扬，调皮笑着，我觉得浑身有点热。

我每天都会去图书馆，我知道他也会去，远远地看着我，然而，我们并没有说过什么话。

舍友们说，李尧是个花花公子，我觉得也是。至少，他的很多行为不在我想象中的轨道上。

他穿破洞牛仔，染头发，唱情歌还唱摇滚，并且，他竟然还能轻而易举地游戏通关，做起了"导师"。

但是这些，无一例外的，让我对他充满了好奇，和……呵呵，喜欢。

（2）

我的课本里总是会出现一封封信，或是情书。我也弄不清楚那到底算什么。因为里面除了青涩感人的语句，总是会提及一件事：李尧喜欢我。

课堂上，我一个漂亮的回答赢得同学们阵阵掌声，我下意识地回头，撞上李尧不羁的笑容，带着些温暖和期许，透着些鼓励和勇气，我忽然间很恍惚，信里写的都是真的么？

在食堂的拐角，我经常遇到李尧，他每次都张张嘴想说话，我端着盘子红着脸，紧张至极。擦肩而过之后，我舍友们打打闹闹地说：“嗨，小七，给你纸巾擦擦嘴巴。”

原来如此，李尧不过是想提醒我，我脸上有饭渣。

自习室里，我路过李尧的身边，不敢看他，我从洗手间回来，还是路过李尧的身边，努力鼓起勇气用余光扫了扫他。哦，他睡着了，口水打湿了课本一片，我蹑手蹑脚地放下纸巾，然后，仓促逃出。

我，竟然生怕他发现那纸巾是我给他的。

校园十佳歌手大赛，李尧和班花同台，深情款款地演唱、对望、拥抱，我在台下的上千观众里边，正襟危坐，一动也不敢动，怕一动眼前的景象就成了真，怕一动我宿舍楼下李尧一次次打满的水壶都是幻觉，怕一动就让人识破了我自己关于青春萌动的真相。

圣诞节，远远看到李尧拿着一束花等在楼下，我穿着新买的黑色羽绒服匆忙走过，他竟然没有发现我混在人群里已经过去了，没有叫住我。

我换了一身常穿的衣服再次下楼，告诉自己慢点走，一定要慢慢悠悠地经过他的面前。

可是，一靠近他，我的脚步又快了，不自觉地低着头，匆匆闪过。他玩着手机，依然没有发现我。

难道，花不是送给我的？难道，信里都是骗人的？难道，一切都是错觉？也许，帅哥总该配美女的。

那我读书好了，总不会有错吧。

可是，每次铺开试卷，我都会想，李尧他会做这道题么，他怎么办啊，能及格么。这样想了几次之后，我便不再担心了，因为我发现成绩单上李尧的名字在步步攀升。

有一次，李尧拦住我说："小七啊，你能松口气不，我够努力的了，可还是追不上你，读书啊，有用，但是不能死读书啊，饶了我吧。"

我把他的这句话分析了好久，再联想到他的种种好，可始终不能判定他所谓的"追上"是要追上我这个人，而不是成绩。因为，他的身边围绕着太多让我眼花缭乱的姑娘，她们略施粉黛就美若天仙。

然而并没有人告诉我，我也还算有点姿色，我的自卑胆怯让我在逃避的路上一再走远，赶走了一切和李尧产生交集的可能。

（3）

我生平第一次面对面地接受告白，不是李尧说的，而是他的舍友胖陀，他把我约在宿舍楼下，说："小七啊，那些信都是我写的。"哦，原来是你。

我想起了，信里那些暖洋洋的鼓励，和告密，信里说："小七啊，李尧他是喜欢你的，你要相信你自己啊。"

胖陀说："小七啊，要毕业了，有些话我必须要说啊，balabala……balabala……"

原谅我，什么也没听清，满脑子都在回放："小七啊，李尧他是喜欢你的。"

那么，我是不是应该回应点什么。

那时，李尧良好的成绩和突出的表现为他赢得了一个保研的机会，我躺在宿舍小小的床上，想象着他那高大魁梧的身体奔跑着，奔向更加美好广阔的未来。

不知所措。

妈妈说，女儿，你只管努力，你那回心转意的爸爸要供你出国读研。我呆呆地挂了电话，趁自己还呆着，给李尧也打了电话："我们去教室楼台上见个面吧。”

我本想借胖陀的话一用的，马上就毕业了，有些话要告诉你。

可是，当他站在楼台上深情款款地唱那首《千里之外》，楼底下有一群姑娘翘首凝望时，我知道，此刻的他像往常一样，身影跳跃进了无数姑娘的眼里、心里、生命里。

而我，太不起眼了，只有静静地退下。

以后的漫漫人生路，便只剩一首歌曲，还可以缅怀。

（4）

人说，爱到深处，最怕的就是失去他的消息。我也一样，那我就得感谢胖陀了，他和上学时一样，在信里把所有的李尧的消息写了个清清楚楚。

我知道他为了赚第一桶金，时常在酒桌上灌白酒换单子，也知道他所在的销售部门高手如云，他应付得很吃力。我心疼他。

在一次夜深人静，我非常想念家乡的时候，我的手像控制不住一样，洋洋洒洒地写了好多好多字，借着夜晚的迷糊，果断按了发送键。

我以为，他会像上学时一样，厚着脸皮质问我：“你看，你还是想我了吧，为吗不承认呢？”

可是，可是，好久都没有下文。

我安慰自己说，时间和距离让李尧离我越来越远，不要再有任何奢望，毕竟，我们之间，是无始无终的故事。

而每到月半，李尧总会出现在我的信息里，他并没有忘记我，也并没有不再联系我，他只是只字不提，不提我发给他的邮件，不提我写给他的那封情书。就像不曾收到过一样。

那时候，我的每个夜晚都是握着手机入睡的，编辑好的短信改了又改，删了又删，反正永远不会发出去。

我怕再没有了回音，又怕是自作多情。

有时候，我会憎恨自己的怯懦和软弱，读书读得太好，得过太多第一，得过太多荣耀，反而会质疑爱情这种奢侈品会不会真的降临。

如果读书时候，勇敢地去接受那份追求，近在咫尺的两个人，好好相爱，该是多美的一件事情。唉。

李尧的短信总在意料之中和意料之外。

每次在清晨醒来，或是在图书馆看书看得疲惫之时，或者真的下雨的季节，看一眼手机，短信刚好就真的来了。

他说："喂，小七，国外的月亮圆不圆，我这里的已经缺了有些年头了，不知道啥时候会圆呢。"

他说："喂，小七，国内的妞儿啊，都太妖娆，不如你。"

他还说："喂，小七，家乡的花都开好了，就差你了。"

我笑着流泪，流着泪笑，在无数个忙碌睡去的夜晚，寂静欢喜。

（5）

李尧发短信问我要照片，我想起来上学时候，胖陀给我的信里透露过，李尧心里的世上最美丽的姑娘，就是长发齐肩，不化妆不描眉，只一袭红裙便婀娜多姿。

红裙安静地躺在我皮箱里很久了，久到我再拿出来时上面都是好闻的纤维味道，忽然强烈地想念校园生活，那时候，李尧追我追得全校皆知，恐怕只有我一个人还在纠结这个不羁的男人到底可不可靠了吧。

胖陀说："如果你不相信他，你可以试着变成他的样子，也许就可以理解他是怎么想的了。"

他的样子？我开始在心里画图，聪明，帅气，睿智，幽默……还有，一点点痞气。

我学着他的样子，给自己化了看起来坏坏的一字眉，传过去。我期待着他能看懂"女为悦己者容"的潜台词，更希望他能自己读出我的"嗨，我想你……"

呵呵。

后来，胖陀都夸我了："你一化妆，就美得不可方物。你不化妆，仍美得天下无敌。"

李尧的夸赞却姗姗来迟，到了第二天早上，他连发无数：“哈哈哈哈，小七，你太逗了，赶紧把你的眉笔麻溜地扔了哈。”

我再一次紧张起来，是的，化与不化，我都成不了他眼里的美女。好不容易和他建立的亲近感，轰然倒塌。

（6）

这样的事情有很多，胖陀替他解释说：“他那是爱你啊，不羁男的爱情就是那样的啊，戳你、惹你、逗你、笑话你，都是为了接近你啊。”

我将信将疑，可眼看着在国外的生活晃过去五年，自己开始有点点动摇，想要说服自己，去相信阳光帅气的李尧对我的爱。

可是，隔着十万八千里的距离，我无法给这种喜欢命名为爱情。

直到李尧穿山越岭，真实尴尬地站到我面前，说：“嗨，小七，好久不见。”我愣住了，我看到时光将他打磨得眉眼更加分明，也更加俊朗……

只是，久别重逢，他有些无措，而我竟然——在狂喜。

我想起，上学时我每次见到他的那些紧张和不安，竟然统统不在了，我在狂喜，我几乎按捺不住了。

我们之间，永远是他进我退，他攻我守。可是这一次，他一别常态，有一点点结巴了。

那这一次，换我来主动吧。我上前隆重拥抱了他，隐忍九年的眼泪滚滚而落，打湿了他的衣服，我问自己："你凭什么不相信，不相信李尧他喜欢你——不——他爱你？"

李尧说，有些姑娘感情方面天生愚钝，也就天生珍贵。他愿意等我开窍。

胖陀也在劝我，"你看，我暗恋你那么久，不也放弃了，李尧对你，又是明恋，又是持久，你还在担心些什么呢？"

是的，我还在担心些什么呢？

当年爸爸抛弃妈妈，是当年的事情。这世上有男人抛弃女人，也有男人守护女人。

我和李尧手拉手出现在胖陀面前，胖陀吃着火锅，流着泪，说："我对不起你，小七，你在国外写给李尧的那封邮件，你手滑发给了我，我没有告诉你。"

我看着胖陀的泪，忽然好想哭，我不怪他，因为我知道，青春期的爱情，胖陀的那一个版本，又有好受到哪里去呢。

（7）

订婚那天，李尧特意选订在了一个阴历的十六号，他要找一个真正的月圆之夜。

书呆太久，听了李尧缠缠绵绵的告白，我竟然忘记了感动，忘记了反馈，也忘记了从前苦恋的苦楚。

理性太久，我选择了把这些年对他的感情和盘托出，李尧像个孩子一样气得跺脚，说："那那那，你喜欢我，你为什么不接受我？难道你看不出来我在追你吗？！"

我无比悔恨地说："我、我、我紧张啊。"

李尧温柔地坐到我身边，揉揉我的头发，无限宠爱地说："紧张？紧张是个什么东西，什么鬼，为消除它，我和自己贫了九年，和你拼了九年。"

……

如今，女儿已经一岁多。

李尧会把自己弄得张牙舞爪的，哄女儿玩耍。每次看到他好笑的样子，我都会记起：

大学报到那天，一个男生故意弄开自己的箱子，喊住我："姑娘，姑娘，你是英语系的么？咱系迎新位子怎么走……"

我抬头一看，认出他来。

在火车上，我俩背靠背坐着，性格内向的我始终一声不吭，听他和他的邻座滔滔不绝，好听的声音传过来，直击内心。

在通往车厢尽头的走廊上，我们错身而过，我鼓起勇气偷瞄他，然后记住了他。

……

嗨，姑娘，并不是天下乌鸦一般黑。总有一个青年，愿意为你赔上青春，奉上爱情，再许你一个未来的。

当缘分来临，相信就好。

别缠于过往，往事无可追；
别蒙住眼前，当下最要紧；
别害怕将来，未来才可期待。

无论未来是遥远还是苍茫，我都要陪着你。

酸涩过后，
有汹涌澎湃的美好和温暖涌上心头。
小 7 ，尽管你不属于我，
但我仍然要谢谢你，
惊艳了我的整个青春年华。

情人节只不过一年一天，而幸福却是多年一世。

在失散了十年之后，旋律和合唱重逢，一切都是最好的安排。
这世间所有的相遇，都是久别重逢。

04
一 · 守候是最长情的告白

（1）

小七唤我胖陀。

如今，我的好友、同学、同事，还有表哥家早熟的大侄子，都叫我胖陀。

我微笑地回应着每一个这样称呼我的人，从来不去纠正。

因为，在每一次被叫作胖陀的时候，在每一次我下意识答应的时候，我都会想起那天。

小七背对着绯红的夕阳，站在校园门口的上坡路上，居高临下地看着我，疑惑地问我："胖陀，你刚刚说什么？"

而在几分钟以前，我鼓起了四年的勇气，向着心爱的姑娘小七表白了。情书被我背诵得磕磕绊绊，我恨不得找个地缝儿钻进去。

小七说："对不起，胖陀，我忘记你叫什么了，很感谢你，可是，对不起……"

我没有说话，微微笑着，反而不结巴了。我开始认真念诗，藏着爱与深爱，念完离开。

那场表白，对我而言，像一场马拉松比赛。

我兴致勃勃地上场开跑了，却发现自己患上了结巴、紧张、疯狂流汗的各种顽疾，几度要坚持不下去，几度要半路退场。

但是，和所有的马拉松选手一样，我在台下做了近乎四年的功课，我几乎熟悉小七所有的一切，包括她的情感世界，包括她对李尧的喜欢。

所以，虽然拧巴着，我还是把白给表完了。

我没有告诉她，我真的姓庞，与"胖"谐音，她虽然忘记了我的名字，但她唤我胖陀，也算记住了一半。

我也没有告诉她，平时，我不是个结巴。

（2）

艾玛，我是个满分十分的逗比好么。

我读了四年的情感小说，才学会在表白之前，一定要买一身正装，说一口普通话，最重要的是装得一本正经。

可是，从小七面前的夕阳里落荒而逃的时候，我才惊觉，“尽信书则不如无书”，对于我这种皮糙肉厚的人，还是比较适合厚颜无耻、揪住女生就狂吻一通，没准能奏效。

但，算了，我根本就不是李尧那号轻浮的男人。

我还是喜欢做一名正儿八经的胖子，一名在小七眼里只会咂巴咂巴嘴寻找美食的胖子。

这么多年，我并不想纠正她。胖子不仅仅爱美食，也爱美女，并且，只好小七这一口。

我飞奔回宿舍，李尧奇怪地看着大汗淋漓、满面绯红的我，说：“哎哟，你失身了？失魂落魄的样子，不像你哦。”

我看着李尧不羁的表情，竟然想起了这厮不顾一切、厚颜无耻地追求小七的场景，并莫名其妙地感到了温暖、感动。

此刻，我竟然相信了这样一个身边围绕无数校花级别美女的男孩子，对小七是全心全意的爱。

我甚至深情地爱着好基友李尧，然后不得不从基情中，读到了我自己的内心世界：

你瞧，他们是多般配的一对啊，你是抽风了么，你表什么白啊？不作就不会死啊。

我疯狂地扑到李尧身上，大喊：“尧啊，我想死啊，我不想活了，不活了。”

李尧仰天长啸，说：“嗯，我知道了，起开，别耽误我学习英语，我要给小七写英语情书。”

……

李尧喜欢小七，没命地追。小七不相信李尧喜欢她，拼命地逃。

可是我看得出来，小七其实也喜欢李尧。

但是，小七和李尧都不知道，这世上还有一种爱情的样子，叫作胖子的暗恋。

他当着你们的面儿是懵懂无知不食人间烟火的胖子。

而背地里，他早已经将各种酸楚难过失望孤独揉成一团，再与它相拥入眠。

（3）

小七以为胖子和学霸一样，都是没有爱情的。

这是什么狗屁逻辑，但是我看着她和李尧之间一理就乱的冤家爱情，内心依然升腾出一团熊熊燃烧的爱意，还有一种无可言说的正义感。

我忽然觉得，他们之间，只差了一个我。

毕业后，我们三个分头成为这个班里为数不多的单身汪。

在别人争先恐后地抢夺身边或者远方的靠谱异性资源时，小七和李尧相互翘首凝望，却阴差阳错地微笑别过。

谁也没有在意，身边埋伏着一个定时炸弹，我，胖陀。

入职第一天的自我介绍，我习惯性地在结尾加了一句：非常希望和大家成为朋友，大家可以称呼我胖陀。

在一阵善意的笑声之后，我收获了很多男男女女的友情，可是没有一个如李尧般让我佩服，也没有一个如小七般令我沉醉。

我把好基情传递给李尧，李尧却说："你别发骚啊，我取向正常，滚，离我远点。"

可是，他一发工资，还是会请我吃火锅，朝锅里猛添肉："胖陀，你多吃点，看你饿得肉都松了，多吃多吃。"

那时候，我便会心软，便会出卖内心，把从小七那里获得的第一手资料都说给李尧：

小七啊，前一阵子回国了，接下来飞去德国，微博上见她换发型了，貌似还有点小感冒，哦哦，追她的人啊，不清楚，不过，估计依旧会很多吧……

无论在赴宴之前，我提醒自己多少遍，李尧是你的情敌，小七的现状是你的独家秘密，千万不能告诉他，但到了最后，总会在他的情感攻势下败下阵来。

后来，我想，大概我这种性格的人，着实不适合暗恋。

那些小七在国外、我和李尧在国内鬼混的时光一再冒出来提醒我，小七是李尧的，不是你胖陀的，他们才是注定的一对。

可是，李尧有次喝醉，说了句："我不见棺材不落泪啊，坚持啊兄弟！"

也不知道在说他自己还是说我。

（4）

每次，李尧都眼巴巴地听着，听小七在国内最好的朋友——胖陀发回来的可靠消息，然后开心地抢着买单。

没错，毕业后，我反而成了小七最好的朋友，小七给了我最安全的身份，进入她的生活电影中。

而我这个配角，本来想争得更多的露脸机会，现在却步步后退起来。因为，我面对的是一个越来越清晰的事实，他们两个是相爱的。

读书时候，小七是个书呆女，用李尧的话说："不开窍的村姑，偏得情圣的厚爱，他愿意等她，世人奈何？"

那时候，李尧看起来像个花花公子，在群芳争艳中，眯缝着色眯眯的小眼睛，瞄准了小七。

而小七，在我看来，是极度自信与自卑的矛盾体，她一直不肯相信李尧是爱她的，就如同她不信自己是美女一样。

为了让她看到自己的美貌，我算是花了不少功夫：大学四年一摞一摞的情书塞进她的书包，极尽才华地夸赞她，毕业后又仰仗着离得远、红着脸在短信里夸赞她，可是依旧不奏效。

她还是会变着法儿地问我：李尧喜欢会化妆的女孩吧？我是不是太瘦了？我穿什么样子的衣服好看啊？

七八年过去，她就是转不过弯，在我心里，她就是最美的姑娘，无论她穿什么，胖还是瘦，会不会化妆都不重要。

当然，我特别强调过，李尧也是这么想的。

毕业之后，李尧摇身一变，成为同班同学的领军人物，无论是入职大企业还是联合别人一起创业，都干得有模有样，并且从美女的环绕中全身而退，固执地等待小七的宣判。

我成为这一切的见证者与参与者，不知道是有幸还是不幸。

花花说我是幸运的，因为拥有超强的去爱别人的能力。

花花是我身边的一个普通姑娘，喜欢我，我知道，因为我从她的眼睛里闪着的光芒里，看到了自己。

花花说：“没关系，我等你转身。”

我说："只要李尧还在请我吃火锅，我就没法转身，还是得麻烦你自己转身啊。"

花花笑了，说："估计小七也想这么对你说吧，请你自己转身吧。"

我辩解道："不，小七并不知道我对她的情谊，她只是把我当作好朋友，她这方面愚钝。"

花花还是笑，说："你不是表白过么？"

我还想解释的，解释说毕业前夕的那次表白，小七根本就没有听清楚，根本就没往心里去……

可是，我觉得好没有说服力啊，虽然那次表白得卡壳又结巴，但是意思总该清楚了吧。

我忽然有些怨恨小七，干吗装傻啊？

但这怨恨随着李尧的一顿火锅而烟消云散。那顿火锅，也是毕业后，唯一一次我买单的。

我和李尧吃着肉贫着嘴，小七就从国外发回一张照片，美得不可方物。

我只能静静地瞟一眼，随便夸一句，便埋头吃肉，放多了辣，装作不辣，大口吃肉……

等呛到泪流满面抬起头的时候，李尧早已经离开了，他捧着珍宝一样的照片离开，留一个可怜的胖子独自品尝孜然花椒和很膻的羊肉……

（5）

花花来了，我指着自己肿起来的两根肥肠一样的嘴唇，说：“花花，对不起，我不喜欢你。”

花花又走了，吧嗒吧嗒掉着眼泪。我怕自己心一软再上前一安慰，花花便会觉得还有机会……

为让自己更加决绝一点，我在火锅店里痛骂小七：你个狐狸精，你赔我的青春，你个狐狸精，你赔我的情谊……

花花又回来了，坐在我身边，一起骂：你个胖子，你赔我的深情，你个胖子，你赔我的心意……

我们俩笑着哭着把凉了又热的火锅底，加上一盘火辣辣的羊肉，大口大口地吞下去，花花说：“还能再陪你一会儿，就这一会儿了啊，你要珍惜。”

后来，我顶着香肠嘴，花花顶着花了一脸妆的大花脸在漆黑黑的夜里逛公园，我夸我的小七，她夸她的我。

她说：“胖子，你只是胖，你没有坨掉，你善良智慧专一，你浑身上下散发着男人的魅力，我着实走不开啊。”

她说：“胖子，你一定是懂我的，因为现在的我，和你的处境是一样的，你懂我的痛苦，所以你更加决绝，我知道的。”

花花哭得更厉害了，满脸泪水地说：“你，胖子，伤害了我，务必送我一个分手抱。”

我说：“好好好，我抱，只是这是哪门子分手抱啊。”

我隆重而用力地拥抱了花花，就仿佛我是小七，而花花是我，我期待这样一个拥抱太久，以至于我没法辜负花花的期待。

花花说：“就是分手抱。明明就是。”

我忽然笑了，很开心，是啊，在我心里，早已经偷偷地和小七在一起了，她的意见早就不重要了。

有一句话，说得真特么好：爱情啊，它就是我一个人的事情。

我忽然特别特别开心，我说：花花，谢谢你，我差点就错怪了小七。

……

第二天，一睁开眼，我还是忍不住给小七发了信息：小七，你太美，不忍直视，也捞不着我直视。

发完后，才发现自己邮箱里静静躺着一份小七的告白，我颤颤巍巍地读了很多很多遍，读到不能自已，而后默默呆坐着。

那信里，仿佛有一个情窦初开的少女款款走出，她携着欣喜、小心与试探，在笔下缓缓地交代出过去的那些年，那些温柔的时光。

三个人的旅途，终成我一个人的多余……

花花也传来信息给我，说是缘分已尽，另谋他职，她已经不能够继续做“胖陀”的同事了。

她祝福胖陀早日成为一个健硕的瘦子。

那是一个清冷的早上，我无比清楚地听见自己的周身唱起来的动听的楚歌，真的，很动听，动听到我一个大胖子忽然没了温度，忽然觉得异常凉爽。

我吸了一大口空气，换上便装，决定出门跑步，开始我吆喝了很久的减肥之旅。

同时，决定把小七的这封“致李尧”的信，看成“致胖陀”。

一个暗恋者，能够被允许把世间所有字眼都看成是暗恋着的姑娘曾经给自己取过的外号的，对不?

这大概是我在这场暗恋里，做过的最缺德的一件事儿。

哦，不，最自我的一件事儿，我在小七和李尧的爱情往事里，无私地奉献了我的信任，那么，就让我任性一回，好不?

就假装，这封信不是写给李尧的，而是写给我的，好不?

好。

（6）

因为做了亏心事，我和小七许久都没有再联系。

直到，李尧再次请我吃火锅，我正犹豫着怎么拒绝他，小七的短信也姗姗而至，她说：“胖陀，我和李尧在一起了，出来一起吃个饭吧。”

我拿着手机呆愣了很久，很久……

呵呵，相爱的人总是相爱的，他们的气场会穿过千山万水走到一起，他们的缘分会绕过无数误会与错过，再次重逢。

那么，小七也一定会原谅我上次把信件私自截下了吧。

那就赴宴吧。

这一世，我和李尧之间的火锅恩怨总要来个了断吧；这一程，我和小七之间的莫名爱恋总要有个结局吧。

我先到的，从窗户边紧盯着门外，很容易就发现了小七和李尧，牵手低语着走来，我低下头使劲地划手机，假装没有看到，假装很放松。

席间，我揶揄李尧：“你追小七，花了整整一个青春啊。”李尧颇为得意，反驳。

我低下头猛吃肉，心里想：多吃啊，吃了这顿，下顿很难再混上了。

小七说：“胖陀，你瘦了……”

我浑身一激灵，九年前，小七说：“胖陀，对不起……”也是这样的声音和语气，也是一样地委婉拒绝了我。

只是，这一次，用李尧的话说，见了棺材才落泪，但我欲哭无泪啊，呵呵。

我特么死心了，小七和这位我十分欣赏的舍友李尧，很般配，很好，真的。

我和小七说：“对不起，上次你写给李尧的情书，我截下了。”

小七笑着摇摇头，说：“该说对不起的人，是我。”

女学霸，说话就是这么高深莫测，她的话里含义太多，我只是参悟出了，她原谅了我。

嗯。

（7）

哦，你问我，当年我和小七告白时，情书里写了什么。

哎，别提了。我都不好意思提起当年的事儿。算了，反正都过去十年了，就告诉你吧。

来，跟我一起念：

撑着油纸伞

独自彷徨在悠长、悠长

又寂寥的雨巷

我希望逢着

一个丁香一样的

结着愁怨的姑娘

……

呵呵。

写到这里，我不知道你是哭了，还是笑了。

别哭了，你还是笑话我吧。

反正我自己都是酸涩的，酸涩自己当年的愚钝，写了一整本的日记来表达对小七的情谊，最后却选择了一首别人的诗来告白，还念得卡了壳。

可是竟然，酸涩过后，又有汹涌澎湃的美好和温暖涌上心头：

小七，尽管你不属于我，但我仍然要谢谢你，惊艳了我的青春年华。

（8）

李尧和小七的婚礼，我没办法不去：一个是我铁哥们儿，尽管我一直都是撬掉他墙脚的首号危险分子；一个是我……是我此生恐怕都会难以忘怀的……姑娘。

我远远地看着她美丽的样子，眼角偷偷湿润了，这一场暗恋至少证明，我的眼光不错，你看，她那么美，那么温柔，又那么纯粹。

属不属于我，都是人间芳华啊。

小七笑盈盈地走到我身边，说："胖陀，这名字现在还跟着你啊，当初还是我给你取的呢。"

她说，当时我那借来的西装被肚子撑起来，翘着，特别滑稽。

告白的内容她没有听进去，但是脑袋里一下子就冒出来给我取的外号"胖陀"。

她根本就不是忘记了我的名字，只是那一刻，她觉得她也得逗比一下，就给我取了那么一个外号。

我说："哎呀，原来，你也是一个逗比啊，还是咱俩配啊，后悔了吧，后悔了跟我走，还来得及哦。"

李尧接话道："够贫啊，够贫才是你，够贫才说明你已经能够真心祝福我们了。"

我生气了，道："你说话注意点儿，行么？你没看小七的美丽伴娘正朝我抛媚眼儿么？别瞎叨叨哈。"

我大方而又谦逊地朝着伴娘点了点头，以示友好，伴娘正十分感兴趣地看着我……

（9）

宴席进行到一半，完成任务的伴娘坐到我身边，想和我交换电话。

我说："我不是本地的。"

她说："你在北京工作。我也是。"

我说："我们不熟。"

她说："你叫庞晓锋，今年28，月薪五位数，都存在某某银行……"

我说："哎哟我靠，你这分明也是一出暗恋啊？打探对方的一切常识是一个暗恋者的基本素养啊……小姑娘有眼光，暗恋我？"

她说："你喝多了。"

我是喝多了，因为我突然就变成了一个机器人，见酒喝酒，见水喝水，见可乐喝可乐，然后就断片了。据说，喝多了的我见谁逮谁，逮谁都说：

这世上最美的暗恋，是由胖子成全的。

（10）

后来，伴娘说，小七和李尧结婚那会儿，我已经成为一个健硕的瘦子了。

她觉得，是时候帮我迎接属于我自己的幸福了。

05 一·我在青春期摸爬滚打，你在青春的尾巴上为我收场

我大学毕业后，去了一个海边城市当了一名大学教师，在美丽的海边，我认识了惊为天人的美女同事小五。

她就像是一个明星行走在尘俗菜市场，美丽得十分夺人眼球。哪怕去开会，入场的时候都会引起会场百分之八十人员的侧目。

男人们是在惊喜，在我们这种地方也会有如此惊艳的姑娘出没，女人们则暗里自惭形秽，恨不能即刻冲到商场买几身行头。

嗯，普通姑娘即使打扮再三，可能，也不及她的三分素颜，来得美。

我不幸和她划在了同一个办公室，也不幸和她拥有差不多的价值观，继而不幸地成为校园里她最好的朋友，替其他很多位女同事们担下了绿叶这份要职。

于是有幸得知了很多她的故事，也有幸见证了她在青春的尾巴上的各种选择和纠结，继而有幸地矫正了老公想加入“外貌协会”的不良嗜好，替自己其貌不扬的外表找到慰藉。

我问小五姑娘，这么美，为何不去当个演员啊？小五姑娘的答案让我很信服：因为学习还可以啊。

的确，她一路顺风顺水地考大学读研读博最后站上理想中的讲台，就差被发上网成为“最美女教师”了。作为一个女人，她够了，美貌学识地位见识一应俱全，我觉得真是够够的了。

在我和她不多的观念分歧里，有一点最明显。

在我小心翼翼、诚挚恳恳、从一而终地爱着我家宫先生的时候，她也没闲着，今东明西、从嫩至老、惊天骇地地更换了一茬又一茬的男朋友。其实，我明着不说，心里气着呢：凭什么呢？小五姑娘对我的不服气置之不理，微微倾城一笑，道出事实：凭我美啊。

更可气的是：如果我万一不小心松开宫先生的大肥手，周边方圆百里便再也无手可牵，管他大手小手好手孬手，愣是没有一只备胎手。而小五姑娘即使手里牵着一小鲜肉，周边也被众多我觉得像“咸猪手”一般的各色男人围了个水泄不通。

所以，她乐此不疲地换着男朋友，欢天喜地地投入一场又一场恋爱，从不孤独。

我在数次味同嚼蜡般吃着好友小五姑娘的男朋友送来的巧克力时，淡淡威胁：这一任如何啊，会是最后一位么？她摊摊手没有什么结论。

我真的特烦自己娘胎里还带来那么一分 low 气质，就是见不得别人开心，专门跟熟人面前直接捅刀子的那种，说完我就后悔了：小五，你是哪一年的来着？是不是比我还大一岁？

眩晕间，我感到被什么人猛拍了一下脑袋，刚想发作，嘴里又被塞了一块儿甜腻的巧克力，便卧倒在床边，继续品尝美味了，别人的人生，尤其是美女的人生，岂是我等普通姑娘思考得来的……

和我一样为小五姑娘操碎了心的还有她亲哥，他们兄妹俩每次打电话，我都觉得小五姑娘是一位患了“尿频”晚期的重度病人。

小五姑娘：喂。

她亲哥：喂，是我。

小五姑娘：哦，我亲哥啊。

她亲哥：最近怎么样？有对象了么？

小五姑娘：呃，我亲哥啊，我这刚起床，还没尿尿呢。

要不就是：呃，我亲哥啊，我这憋急了，得赶紧去一下啊。

更绝的是：呃，我亲哥啊，我这能量正释放一半了，能先把电话挂了不?

我每次都被小五姑娘的神理由逗乐，原来这位如清水芙蓉一般美丽温婉的姑娘也有如此口无遮拦的时刻。

我也暗暗地羡慕她有一个不计较她的放肆容忍她的胡闹还仍然满腔宠爱她的哥哥，有他在，小五姑娘是全然放松而惬意的，反正兄妹俩永远走不散。

小五说了，她亲哥是宽厚可爱幽默风趣的暖男一枚，唯一的重量级大缺陷是身高不及一米七，让小五姑娘数次捶胸顿足："你就差那么一点点，就那么五厘米，就勉强在我心里及格啦。"

在隔壁同事小黄那一巴掌呼上小五姑娘之前，我一直在怀疑小五关于她亲哥的那部分言论的真实性，亲兄妹怎么可能一个惊为天人，一个还不及格呢。

小黄也不算丑，只是性格太强势，一步一步将自己一手提携着成长还算良好的男朋友推离自己身边，她男朋友早就对小黄的横挑鼻子竖挑眼耿耿于怀了，只是苦于没有合适的姑娘下手。

而小五姑娘是全校青年男老师的梦中情人，小黄的男朋友就此冠冕堂皇地和小黄提出了分手，开始追求小五，面对小黄义正词严的拷问，他的回答虽说不无道理，但更让人恨之入骨。

他说：身边几乎全部男人都很喜欢她，为什么我不能喜欢她，我有权利追求她啊。

就这样，小五被小黄划入了全校青年女教师恨之入骨的行列，有言论称：小五姑娘耽误了我们单位数对水到渠成的恋爱和婚姻！

是的。本来，也许，小黄的男朋友在身边没有食材下手的时候，就勉强领了小黄这道盒饭回家呢，美不美味另算，闻了那么久，味道总算会吃得来。

小黄在分手的第 33 天仍旧没有走出阴影，眼见着自己的皱纹上脸了，付出的青春年华血本无归，一冲动，什么家伙什儿也没带就闯入了我和小五的办公室。

唯一一个能为小五姑娘挡挡巴掌的我又刚刚好上课去了，小五就这样莫名其妙地挨了一道黑。

当稀里哗啦一阵玻璃碎裂的声音传来的时候，我才知道此刻已经是小五被扇的第二天了。被一群男人宠惯了的小五姑娘能把这口气忍下，没有纠结一群社会青年收拾一下冲动的小黄，我已经是刮目相看了。

而，更让我刮目的则是小五姑娘她亲哥，那玻璃就是他碎的，碎给小黄看的，还文绉绉地和小黄说：你看，大地是无辜的，它哪曾知道有那么多人们正深沉地爱着它，你一颗玻璃心砸上去，砸得没有道理，所以，碎的是你自己。

小黄姑娘带着N多水果和巧克力来到我和小五的宿舍，悔不当初：对不起啊，小五，我太荒唐了。

小五姑娘嫣然一笑，原谅了我们的同事。转向我说：饭饭，你可看到了，不要再羡慕我的外表，以及外表能给我吸引来男人这件事，因为那有可能都是孽缘啊。

然后指着她亲哥给我介绍说：这位是我风流倜傥才华横溢出口成章的我亲哥。

她亲哥不高是真，可是那是真帅啊，再说，小五也不过一米六五正常身高啊，我深信这是她亲哥，如假包换，遂谄媚地说：知道、知道，久仰、久仰。

小五姑娘扑哧一声笑了，说：走，请你们两位老学究吃个饭去。

校园的风气无形中被一出事故给肃清了一把，校长高兴地说："再也没有人在开会时悄然议论小五姑娘的美貌，饭饭，你得开始撒网了，把小五嫁出去，婚姻才是女人最终的归宿啊。"

我如实转达了校长大人对小五的关爱，小五还是瞪着她那双美丽无辜的大眼睛说：好啊，嫁啊，嫁啊，嫁给谁啊？

我疑惑道：空窗期啊？不能吧？

小五认真地回答：嗯，空窗呢。

我没有想到，小五就这样空窗了下去，办公室内外先先后后结婚了好几个，包括我自己，都被不急不慢的宫先生扯上证领走了。

最不愁嫁的小五却像一尊静止不动的女神雕塑立在校园风景里，撩拨过很多男人的内心，就是不曾被人带走过。

我婚礼的手捧花没有扔，亲手严严肃肃地递到了小五手上，眼看着小五姑娘的眼睛里闪烁着激动的泪花，我警告她：手捧花的意义，你懂的，必须严格执行。

她却在QQ签名上给我玩起了我爱玩的那一套文艺风：乱花迷过的双眼，正在经历一场修行。

资深文艺女青年的我，真——的——看——不——懂。

小五姑娘她亲哥，仿佛很懂，说：饭饭，这事儿，我们急不得。

我说：为啥？

他说：小五，她看起来在进行一场修行，实际上在等我长高呢，你说，这事儿能急么？

我说：嗯嗯，急不得，确实急不得，等你长高这事儿得放弃。

秋天的落叶又扫过一茬，校园新建时崭新的样貌越来越旧，女教师们的新闻也更新了好几页的内部论坛八卦。

我的儿子咿咿呀呀地唤着小五姑娘：姨，姨，姨。

我锲而不舍地在小五的身边重复着：姨，姨，姨，你还不出嫁么？你还要等到什么时候呢？

终于，一个寒冷的夜晚，小五姑娘趴在我眼前的办公桌上，哭得上气不接下气，断断续续地我听明白了：她亲哥不是真的她亲哥，她开始考虑要不要嫁给她亲哥了。

她说：我心有不甘啊，心有不甘啊。虽然，他那么好那么好，可是，他就是有硬伤啊。

我说：他对你好么？

小五愣了，想了好久好久，太久太久，久到她亲哥西装革履穿着内增高来求婚的时候，她才“哇”的一声哭出声来：你干吗穿内增高？要什么内增高？

莫名高了几厘米的她亲哥委屈地说：妹妹，我真的长不高，还好有内增高。

我看着这让人啼笑皆非的一幕，被感动得笑出眼泪。

最终，我们的女神也没有等到一位白马王子穿着锦袍敲锣打鼓地来娶她。

她在身边的咸猪手四散开去的时候，看着自己日渐老去的容颜，听到水木年华在一遍遍地问她：谁愿承受你岁月无情的变迁？

她再美，被再多帅哥俊男追求着，还不是和我们一样，想寻一位知冷知热、全心全意、普普通通的男子，温暖自己，温暖冬天里那个孤独的心灵。

我问小五姑娘：这位瞬间长高了五厘米的帅哥，不是你亲哥么?

小五不好意思地说：从小一起长大，家长从小让叫哥，他老爱管我的闲事儿，气不过，就咬牙切齿地喊他“我亲哥”！

我恍然大悟：哦，青梅竹马啊。

她亲哥补了一句：对啊，一个人的青梅竹马，另一个人的青春年华。不然，你以为呢?

06 一· 毕业十年，舍友照相

（1）

我们宿舍一行四人穿越校园的各个地方拍照。

牟子万无论穿什么，静静往那一站，嘴一抿翘出一道好看的上弧线，就是一幅无与伦比的美丽画面。

田豆豆竖着剪刀手，咧开天真无邪的嘴巴，单脚跳起，也为这幅图画增色不少。

小黛穿着肥大宽松的休闲服，挂着耳机，随便那么一摆，就浑身的文艺气息挡也挡不住。

而我，一身黑色的棉衣，竹竿一样挺在边上，大概照相的也快无语了吧。

所以，我叫章大众，女，非沉鱼落雁之貌，貌似愣头小子，不算北方苗条淑女。

田豆豆在热心摆弄我之余，唠唠叨叨：“只有你感到摆一个姿势，身体是别扭的，拍出来才会美，你别这么僵硬好不好。”

我除了对她无可奈何、哭笑不得的表情表示尴尬和无辜之外，下一次照相还是依旧呆板，并没有进步。

小黛会漫不经心地替我解个围，说：“豆豆，算了，就让她那样站吧，你没见她平时在宿舍看个电视都板板正正地坐得那么累么，别教了，没用。”

我大概已经习惯了，每次照相，如上对白都会像湖南台的《还珠格格》一样重播，很多人依然津津有味。

没毕业之前，为我们拍照的永远是子万的男朋友阿发，所以子万通常并不多言，她只需浅浅笑着，等着阿发随时捕捉镜头。

某次，阿发笑笑说：“豆豆，不是那样的，正是有了大众的正襟危坐，才更加衬托得你们婀娜多姿，不是么？”

然后，敏感的我，很快就捕捉到了阿发眼里对我的不重视，自卑感油然而生。是的，我是一个不够精彩的女生，沉闷，无趣，而又姿色平平。

（2）

我喜欢喝咖啡。不加伴侣。

田豆豆每次风风火火地从学校举办的各种晚会各种比赛回来时，都会指着边喝咖啡边发呆的我发脾气。

她说，你啊你，日子都从你那破咖啡中悄悄溜走了，你这样下去将一事无成。她从我手里夺过咖啡杯，“砰”地就扔里面一块方糖，说：“喏，已经甜了，麻溜点喝完，一起去图书馆。”

我知道她是爱我的，还愿意嫌弃我那与世无争的性格，便顺从地跟着去了。

通往图书馆的路上，遇见阿发骑着自行车，后座坐着美丽的子万正吃着上好佳，从我们身边飞驰而过。

豆豆点评道：“大众，你应该去谈个恋爱，你看子万，有人买饭有人打水有人当司机，爱情的滋润让她风情万种哪。”

“可是，没人喜欢我。”

“也是。那你就多读书啊，做不了美女怎么也得做个才女嘛。”

好吧。

到了图书馆，她读各种管理学经济学，我读《女友》。豆豆摇摇头：“没救了你！”

这时，小黛捧着大大小小的画板招摇过市，豆豆喊住她：“怎么样，画展有消息了吗？”

“嗯，咱市书画协会会长已经同意这次展会给我一个机会了，不过作品只能在角落里展示了。”

“哇噻，已经很棒了，加油！”豆豆高兴地与小黛击掌，庆祝她的进步。

晚上，我躺在床上，难过得辗转反侧：我没有美貌，没有才华，没有特长，没有野心，我他妈的有什么？！

（3）

事情坏就坏在，我只会为自己的平凡暗自神伤那么一小会儿，就想干吗干吗去了。

老乡大牛突然给我打电话，打着“诸如很冒昧啊，打扰了”的官腔，最后支吾着约我吃饭。

田豆豆跟着兴奋起来，和小黛商量给我化一个什么样的妆，然后又争先恐后地把自己的衣服贡献出来。

我扭捏着拒绝了，执意要穿自己的黑白灰。

豆豆大急：“首先把你额头刘海儿上的村姑发卡给我摘下来，其次你不是要黑白灰吗，我们也有黑白灰，麻烦你把运动服脱下来，最后麻溜点先去洗个澡再回来换！”

我求救般地看着小黛，小黛如往常一般说：“豆豆，你别逼她了，让她自己决定。”

我并不是不爱干净，只是不会打扮倒是真的。平时的我每一天都很普通，没有约会，不引别人注意，更不会有男生突然侧目，所以我不知道赴约前要做这么麻烦的准备。

我低头轻声说：“我听你们的。”

豆豆和小黛大呼：“耶！”她们没顾得上看我，但我知道自己的脸颊一定红了。

因为，大牛，11月12日生日，小聪明，不爱喝水，只喝各种饮料，喜欢足球和陈奕迅。这些，我早就很了解很了解了。

待我洗澡回来，子万已经被她们叫回来。她认认真真地叮嘱我，对方无论说什么，只要微笑。不知道说什么，就寒暄。切记不能表露意见。你再想答应他，也不能流露出来，要知道矜持。

好了，出发。

走到饭店门口，已经汗透了，大牛隔着熙熙攘攘的顾客朝我招手，说：“大众，你今天真漂亮。”

我听见从心底传来的欢呼声，想微笑着说声谢谢，脱口而出却变成了：“真的吗？”

对方微微一笑，不置可否，然后就寒暄着倒茶点菜问天气问各种无关紧要。

我想起子万说，不知道说什么的时候，就寒暄。

对方显然在寒暄，按子万的逻辑倒推过去，就是大牛面对我，无话可说。至少，没什么说有趣话题的热情。

感谢上帝，让我的情商还不那么低，从他淡定从容的表现，我很轻易地判断大牛约我吃饭，目标不是我，而是另有他求。

背上的汗一点点散去，变得冰凉，我更加清醒，没了压力，对话反而能更自然一些。

就像河对岸的风景不是为你在绽放，那么你是直线划曲线划还是转圈划甚至往后退着划，都已经不重要了，别人根本不在乎你是什么姿态。

末了，大牛说："大众，你们宿舍豆豆蛮有个性的，不知她有男朋友不？"

哈哈，全校男生都知道豆豆是不可能拿下的麻辣天后，大牛会不知道？我按照子万交我的方式出牌吧。

"呵呵，今天天气不错，你吃了吗？"微笑着寒暄告别。

告别我这还没有开始便已经结束的第一场约会。回宿舍路上，我听见有人在身后大叫："美女，美女！"

下意识地回头，有两个陌生男生哈哈大笑。哦，原来是个恶作剧。

呵呵，生活处处是恶作剧。

（4）

卧谈大概是女生寝室最具代表性的活动了。

而女生们永恒的主题便是男生。

我一般会在大家侃侃而谈的时候睡着，但是在和大牛约会之后，我开始认真地听子万她们聊天。

谈到她们欣赏的男生，我假装心里不疼，静静地问她们："大牛呢？"

沉默而又短暂的寂静，豆豆终于忍不住，从床上激动地坐了起来，破坏了卧谈的规矩，开始慷慨激昂地给我上课。

"大众，你千不该万不该叫大众，你真是急死我了，你喜欢大牛不是吗，上次大牛摆你一道你还喜欢是不？两条路，一是出色给他看，二还是出色给他看。"

漆黑的夜仿佛没有星光，我说："小黛我太困了却睡不着，你给我催眠吧。"

"好吧。你睁开眼看着天花板。"

"可是我要睡觉，为什么要睁开眼？"

豆豆说："你先睁开眼，去数羊，才能数来睡意。你就是这样懒，总是在逃避，你想要的东西为什么不能翘翘脚去够一够呢？”

我说：“好吧。”

可是第二天一睁开眼，宿舍早已经全空了。身边的姑娘们无论昨夜睡得多晚，清晨总会精神抖擞地努力奋斗去。

我永远是嗜睡爱吃的那一位，豆豆恨不得摔碎我的咖啡杯。

当我摇摇摆摆出现在笔试考场，已经输了大半。于是，毕业季，我一直输啊输，输到豆豆申请到留学名额，输到子万和阿发双双考去北大深造，输到小黛拿到联合利华的offer。

我收拾行李，把档案和户口寄存在母校两年，悄悄地回了家。

临走，我给豆豆打了电话：“……也不知道大牛毕业后的去向哈……”

豆豆还是很舍得伤害我：“大牛却知道我毕业后要去英国留学了。你看你们俩同是暗恋者，差距咋就那么大呢？单从你们俩花费在喜欢的人身上的心思来说你们本身就不般配。”

“大众，你走路能不能快点，你考试能不能用心点，你喜欢别人能不能给自己一点动力。”

换作我身边的任何其他女人，子万或者小黛，在听了豆豆如此多的苦口良药之后，怎么也得做出奋起直追、绝地反击的姿态。

然后等有一天，可以骄傲地告诉别人，瞧，我不是天生不优秀，我没有努力而已。

可是，请相信我，这世上还是叫大众的人多，千千万万个大众选择了“算了吧”。

爱情，只是退而求其次的其中一例。

（5）

生活的奇妙之处在于，越是看起来奇怪的人越正常。

我很好啊，普通大学毕业，回家找了个民企，工资刚够温饱，周末约上三五好友吃饭聊天。身后还有一群姨妈舅妈婶婶们操心着婚姻大事。

没事刷刷微信微博吧。

子万同阿发分手以后好久都没有上传照片了，我总是在想象如今她身边会站着什么样的男人，肯定是有特长的吧。

就像阿发会照相，但是我不喜欢文艺男，他们是不食人间烟火的，眼里看不见我们普通姑娘的美好之处。

比如我，做得一手好饭，唱得出很多首歌曲，还有，懂得倾听。

当子万同阿发分手的时候，总也拨不通豆豆的国际长途，小黛千里迢迢赶去陪她吃饭聊天美容护肤一个周。

而我在无数个子万睡不着的夜晚在 QQ 上听她讲回忆录，时不时回复个“嗯，我在呢，我在听”。

其实，我是想告诉她我在陪她。

我想起在阿发后座吃上好佳的子万，衣裙飘飘，如在故事中生活。

于是说，你要振作，大发去过你的世界，也为你留下很多美好瞬间不是。

子万说，谁年轻没爱过个把人渣呢。

我说，是啊是啊，再爱就不要爱人渣。阿发是人渣。

子万说，他是人渣，我说说便罢了，你不能说。

我偷笑。

瞧见没，我的优点就是在子万想要抱怨的时候，能轻松自然地把她拉回到怀念的轨道上。

小明在一旁说：“大众大众，你那里有字典吗？你的优点我已经形容不完了，江郎才尽咯，给个词典查查新词吧。”

我说：“滚……”

细细数来，我的优点其实很多，而这些都是小明总结出来的。小明是隔壁王婶的儿子，毕业后从北京逃回来，进了家乡国企。

当我在电话里细数小明的各种讨厌之处时，豆豆不无酸意地说：“收……收收你的唾沫。不用讲了，我知道了，你恋爱了。”

可是我并没有答应小明啊，哦不，小明并没有追求我啊。

豆豆叹口气，感慨："我什么时候也有个男朋友啊，现在连个想念自己的人都没有。"

我说："我想你啊，传个近照来看看吧，都不知道你的模样了。"

照片里的豆豆，一身欧美风，大牌有气质，配上她的剪刀手和单脚跳，真有一种可爱妞新晋成女神的感觉。

最为难得，她是那么神采奕奕。

我知道觊觎她的男生肯定很多，只是苦于和豆豆的各种差距而望洋兴叹。

我给豆豆传去短信，豆豆，相信我，一定有很多人在思念你。

她回，可是，我要的是一位惺惺相惜的爱人。

（6）

听说阿发开了自己的摄影工作室，生意做得如火如荼。

我和小明商量着，婚礼的跟拍就请阿发来做。阿发瞧着穿上婚纱的我，说，大众，真看不出来啊，平时你的黑白灰把你的妩媚都掩盖了。

我说，压根不关黑白灰的事。

"那是什么？"

小明说："每个女生的风景都不尽相同，子万的流露在外，大众的在细水长流。”

阿发好不开心：“你把我同子万的故事都讲给别人了，不要传到我女朋友那里去。”

我心底笑笑，不会，从前不会和子万吹耳边风怂恿她离开，现在亦不会关心他如何。

我只不过小心眼，对于他说的“衬托”耿耿于怀，那么，婚礼，无疑是我此生最光彩夺目的时刻，不会去衬托身边的姑娘们了。

礼毕，我仍然要在身边各个美丽出色的姑娘们身边，穿着黑白灰，或许依然“陪衬”，谁知道呢？

阿发从北大退学，全是因为摄影梦想，他跟随一批摄影爱好者走南闯北，荒废了学业。但眼界却宽阔得奇怪，不能理解按部就班读书的子万了。

他最后和我说：“古人说的对，古人只提面包和爱情，却没有提梦想。所以，最终我还得开店。”

我问小明：“你知道阿发在说什么吗？”

“不知道。”

“那你又知道他在干什么吗？”

“有点明白。”

我们都太普通，甚至没有过为之热血澎湃的梦想，自然做不到理解阿发的话。可是我们又还是因为太普通，自然明白阿发也在为生计奔波。

我婚后不久，小黛的个人画展如期而至，她描着很浓的妆，穿着依旧大小不分、里套外搭的服饰，假扮成前来观展的游客，从络绎不绝的观赏者中获取极大的满足。

她带我到她最得意的作品面前，说，看，这是我从学画到现在一直都完不成的作品，你觉得如何。

我和小明连连点头，搜肠刮肚地找形容词，真好，真不错，有内涵，有意境……

可是，我忽然想起最初和小明认识时，我们的对白。

“大众大众，你那里有字典吗？你的优点我已经形容不完了，江郎才尽咯，给个词典查查新词吧。”

豆豆在英国听我讲这个笑话的时候，大笑，中文夹杂着英文说：“大众，你还是愚蠢得让我开心。Anyway，小黛是看不出你的傻夸来的。她的画展就像她的孩子，别人怎么夸，她都信！”

（7）

听完豆豆的话，我就想找找我的“孩子”，可惜，我并没有能让我如此倾心的事业和追求，哪怕爱好。

哎，没有咯。

徒增伤感之时，我的双胞胎儿女降临到我的生活中，我也终于迎来人生中真正的孩子。

各种手忙脚乱，我更是无暇顾及那些姑娘们如今怎么样了。豆豆的越洋视频响起来，她兴奋地手舞足蹈：“我要看，我要看我的大外甥们！”

待我终于安抚好儿女的情绪让他们在电脑前喜笑颜开时，对面忽然探过一洋人的面孔，大眼睛高鼻梁帅得一塌糊涂。

“哇……”一双儿女双双被洋人吓哭。无奈关上视频，小声嘟囔着：“不能啊，不能和妈妈一样见不了世面呀，不就个外国人吗，淡定淡定，那是你们姨夫！”

小明在一边笑得爽歪歪。祝福豆豆，如愿找到惺惺相惜的爱人。可是我却欣赏不了洋口味，真想要惺惺的话还不如真的去中国古代牵一只猩猩呢。

啊哦!

我问小黛索要礼物，当姨妈了不得表示表示？！小黛大方地寄来数十幅画，在电话里叮嘱我一定放好，待到儿女嫁娶时拿出来做彩礼做嫁妆。

我说，我们又不是穷酸书生，彩礼嫁妆还得是钱哪。

小黛不满：“这你就小看我了，我的画现在按尺计价了。留好。挂啦哈。”

还没等我的“那你少画几幅啊，市面上越少越值钱”喊出来，她已经收线作画去了。

我说，挺好的，孩子们的阿姨们都有条不紊地奋斗在一线，等将来也是咱孩子的一笔财富哪。

可是，子万哭哭啼啼而来。

那是毕业以来，我第一次见她，她憔悴的面容告诉我，她自己让自己走下了女神神台，成为像我一样的凡夫俗子了。

是的。如今，子万，不再穿白衣长裙，不再笑靥如花，不再风情万种。

原来阿发癌症，病倒之时厚着脸皮联系了子万，后悔不该当初毁掉他们美好的爱情，子万扯着阿发的病号服，泣不成声。

“差一点，就差一点，我们就是神仙眷侣。都是该死的摄影驴友放大了你的梦想。你不这么累，也就不会生病。”

我在一边，原谅了阿发曾经对我的忽视，也终于看开，他并不是忽视我。

有的人，天生专注。比如阿发，恋爱时专注于子万，分手后专注于梦想。我又在计较什么呢？

（8）

领导又打电话，催加班了。儿女尚在嗷嗷待哺，我扒拉了几口米饭，匆忙离家去公司。

路上致电妈妈，赶快到我家接班，帮我看一下娃，不然小明该迟到了。

妈妈唠叨着：这妮子，不早点打电话，我刚要去晨练，又得换衣服。

“拜托，妈妈妈妈，周末给你做好吃哒。”搞定，到了公司打开邮件，简单一处理，发现了子万的邮件。

“大众，阿发病危，我辞了工作，来做他的女朋友，陪他最后一程。不要告诉豆豆，她会骂我。”

我蒙了，北大才女，前途无量的子万这是什么决定？！

我当即告诉豆豆，因为我的身份地位以及生活离她们太遥远，压根不知道如果我是子万我会怎么做。

而豆豆的反应让我大吃一惊，那么喜欢把自己的意志强加给姐妹的她说：“挺好啊，她自己选的，不后悔就好。”

我说：“你为什么不骂她。当初是阿发甩了她。现在她不必这样做。”

豆豆说：“她是牟子万，不是章大众，她知道该怎么做。只有章大众整天稀里糊涂往前走，我才忍不住骂几句。”

哦。

原谅我稀里糊涂毕业了，稀里糊涂嫁人了，又稀里糊涂当妈了。

看看别的姑娘，小黛为了兴趣一往无前、所向披靡，一定让自己经常激动万分吧；子万为了爱情轰轰烈烈，敢爱敢恨，到老了也一定有不少回忆可以做梦笑出声来吧；豆豆也已经转战华尔街，正在和她惺惺相惜的爱人一决高低，战斗得一定很爽吧。

领导忽然驾到，说下班吧下班吧。

我回过神，章大众，你想太多，赶紧回家相你的夫教你的子吧。

就是这么普通平凡的一天，我坐在公交车上往家赶，一瞥眼看见了马路边翘首凝望仿佛在找人的大牛。

时光如梭，大牛，11 月 12 日生日，小聪明，不爱喝水，只喝各种饮料，喜欢足球和陈奕迅。这些，我还没有忘。

要在平时我可能稍微一犹豫，随着公交前行回望他几眼罢了。可是就在那天，刚感慨完别的姑娘的精彩，我果断地跳下公交，一路狂奔到大牛面前。

“嗨，这么巧，你也在这里？”我顾不上整理凌乱的发型。哦不，我似乎从来没有在乎过发型。

“呃……呵呵，是啊，这么巧……呃，你是？”大牛一脸茫然。

啊？哦!

我始终没忘的大牛遗忘了我，或许他根本没把我往他的大脑里存储过。

好多年啊过去了，我微笑着说，老乡你忘啦，你请我吃过饭，打听我们宿舍的豆豆。

过河拆桥，不厚道哦。

大牛马上喊出我的名字，“你是章大众，记得记得，怎么能忘，算不上过河拆桥，连河边都没有靠近，更没有过河。……对了，豆豆现在什么情况了？”

我说，不知道哎，好久没联系了。

这一次，我是真不知道。

豆豆自从在美国进修了什么金融硕士完毕后，欢腾着去了华尔街的某个大楼上班，我便不再敢主动打电话给她，不能给她掉底子啊。她也忙得忘记了教我前进。

我和大牛的重逢就这样被湮没在琐碎的日常里，没有一点电影里的矫情情节。

哎，我貌似注定不是有什么故事的人，也挺好。

(9)

《中国合伙人》里黄晓明的出色表现，让很多人记住了新东方，也让更多人懂得了美利坚的残酷。

豆豆已然失踪好久了。我开始担心她是不是去刷盘子了？

这期间，阿发过世了。穿上黑色衣服的子万放在人群中和我并无区别。此后，我劝了一阵子，她才开始上班，下班，睡觉。游魂一般的存在。

我其实分外好奇。

这究竟是怎样的一份爱，居然可以瓦解掉一个如此优秀女孩的生活。

我和小明的婚姻，顺着时间往前推，没有山盟海誓，没有你死我活，甚至没有追求没有表白。我都记不起当初我们为何要结婚。

子万说："为伊消得人憔悴，更与何人说。"

我弱弱地问："子万，我怎么就不待见阿发呢，你哪里着迷到底？"

子万问："你的青春都在干吗？"

没等我回答，她就说："你在喝咖啡。而，我的青春是一部二人转，属于阿发和我。"

我大概有点明白了……

再说小黛，嫁了画室隔壁大叔，为她投资成立了黛芬奇工作室，她每日红光满面地穿梭在艺术世界中，一身的文艺范儿越发耀眼。

当我们在一起讨论她的画风没人看得懂时，她表示看得懂就不值钱啦。

我突然问，你是为梦想而画，还是为钱而画。

小黛不开心，别和我说梦想，梦想是实现不了的东西。我的画家梦那是理想，理想是你牺牲掉别的东西，再翘翘脚可以实现的，懂么。

哦，从来没有理想与梦想的人，哪里知道理想和梦想的不同，我尴尬地表示略懂，略懂。呵呵。

小黛提议，聚聚吧，合个影。

（10）

好吧，聚聚。

她们俩都说，你给豆豆去电话吧，就你能让她打开话匣子。

“喂？豆豆？”

“是我。”

“回国吧，回母校，我们四个好久没合影了。”

“嗯。大众，华尔街很精彩，处处都是智慧……哪天聚？我回去。”

“哦，我知道了，等让小黛通知你。”

挂了电话，我联系大牛：

给你个机会，豆豆下月回国，回母校，你也去聚聚吧，负责给美女们拍照。

大牛欣喜万分，连连表示，我还单身我还单身。

我笑说，单身啊，谁稀罕？！

豆豆终究是爱我的。嘿，她没能忍住找我细聊，开口便骂：“听说你又辞职了？”

“是啊，能怎么办，这个公司两个月没发工资了，我得生活啊。辞了，再找呗。”

“哦。我要是辞了，就功亏一篑了。”

“有那么夸张么？”

“Jack 已经进入世界金融中心了，我不能慢下来。”从豆豆的声音中，我听到了倔强和疲惫。

“我说 Rose，国内有了好多过劳死，你注意休息啊。”我真的挺不解，生活干吗这么累。

“啊呸！”

“真的，豆，你看现在什么时间，我没算错应该是美国的下半夜吧……睡吧，乖。”

“哦。”

可怜的大牛，人家豆豆的人生早已经甩你十万八千里，你还要继续单相思吗?

大牛如是说：不算单相思，哈哈，去给你们拍个照而已，什么样的结局皆可，怎么也得给青春来个了断。

也是哈。

也就我这种把青春浪费在咖啡匙中的人生不需要了断什么。

小明就是我的了断，可能我今后都避免不了要和他共度此生了。

(11)

五年后。

我们宿舍一行四人穿过校园去拍照。

牟子万执意穿着安全的灰色衣衫，嘴一抿翘出一道好看的上弧线，恍惚间，我以为就是那年那天，子万女神般的微笑马上就要绽放。

可是，子万眼神聚焦到对面为我们拍照的大牛，落下泪来。她一定想起了阿发，一个人的生命可以脆弱到转瞬就逝去，也可以永恒到在一个人心里永远活着。

田豆豆依然大牌欧美风，眼神炯炯，脸色凌厉，一眼看去就知道是理工女，理智而安定。

对出色人生的追求把豆豆所有的温婉可爱磨掉，换上一副让人近不了身的冷艳。不知道那些思念着她的男生们会不会望而却步。

豆豆生生地把我的剪刀手按了回去，说："能不这么幼稚么？"

小黛一身贵妇级别的打扮，依然随便那么一摆，就光芒万丈得挡也挡不住。她是那么自信，她的画已经走进国内画界中心。

万事俱备，就等她过世，她的作品就物以稀为贵咯。我也就发达啦。

我的一双儿女在一旁呐喊："妈妈，剪刀手，剪刀手，剪刀手。"

为了不让宝贝们失望，在大牛按下快门的一瞬间，我挣脱豆豆的控制，快速举起了剪刀手，同时喊："茄子！"

咔嚓。

最终的画面：子万垂泪，豆豆冷峻，小黛自信。

而我，大众化！

（12）

五年一聚，送走姑娘们，我回家赶紧写下来我们的故事。

故事取名为《毕业十年，舍友照相，我依旧平凡》，后来我想了想，又把"我依旧平凡"删了去。

于是有了今天的毕业故事《毕业十年，舍友照相》，别样精彩。

CHAPTER 4

婚姻这场修行，你准备好了吗？

就算你是个富豪，也留不住你以为的美好；我更希望，你陪我欣赏岁月斑驳，陪我算计一地鸡毛。

01 一 · 亲密敌人

（1）

我和谢勤确定了恋爱关系，全世界无一人有异议，因为我们很般配，模样普通到不相上下，才情性情也十分默契。

闺密安安从遥远的北大发来贺电：恭喜你，找到和你如此相似的另一个亲密敌人；也恭喜我自己，终于甩掉了你，不用无时无刻紧握手机等待你的传唤。

我和谢勤都爱读书爱学习爱努力，不甘落后于他人，都有极强的上进心和自尊心，所以，用谢勤的话说就是：“如果爱情是天平，目前来看，我们俩是势均力敌的。”

我很不喜欢谢勤中间加上的那几个字：目前来看。我觉得凭我的聪明才智和能力，完全可以一直站在他左右散发同等亮度的光芒，甚至有可能亮过他。

安安说：你累不累，把自己放轻松些。

毕业后，我和谢勤双双考上研究生，一个在祖国南方一个在祖国北方，我终于可以骄傲地打电话给安安：你看你看，我本科稍微比你拉下一档，研究生又追平了不是，你跑啊，使劲跑啊，我还要追追追，我追到你无路可跑，哈哈哈……

我还没有哈哈完的时候，安安悠悠地说："祝贺你哦。不过，我的美国全额奖学金申请下来了。嘻嘻……"对方又是开心地一阵挑衅。

我拉着谢勤在马路上游荡，什么聊天的心情也没有了。谢勤突然问我："你为什么非要和安安比？"我先是一愣，然后思绪牵着我的身体往后退啊退，退到了小时候。

我和安安是从小一起长大的邻居，手牵手安然无恙地度过小学初中，彼此都是班里的第一名，都是其他邻居嘴里别人家的孩子，我们也建立了深厚的友谊。双方父母常说可惜都是女孩子，要是性别相反，多好的青梅竹马的典型啊。

都说女大十八变，上高中后安安越变越漂亮，而我的外貌还停留在幺蛾子阶段，感觉变不成什么仙女了，这可急坏了我这颗不甘落后的心，妈妈说女孩子讲究内涵美，你应该好好修炼你的内在。

我们 80 后这一代在读高中的时候，内涵美约等于成绩高。

所以，我开始比安安更勤奋，更努力地学习，然后成绩远远地甩开了她，开朗的安安也经常在我身边笑嘻嘻地说："你跑啊你跑啊，我会在后面努力地追啊。"

可是，忙于处理情书的她在学习时间上还是少我一些，高中三年，她也没追上我。我也一直得以心态平衡，不那么计较比她逊色不少的外貌。

（2）

正当扬扬得意地等待高考成绩时，我迎来了当头一棒。

安安竟然超常发挥被北大录取，而我虽然保持了水平，却也只能进个山大。那个暑假我在心里暗下决心，跑慢一棒不要紧，后面迎头赶上才能赢到最后。

讲完后，我看着谢勤说："我本来以为进了武大又可以和她媲美了，可是，她还是领先一步，出国了。"

我很沮丧。谢勤试图安慰我："超常发挥？都是命运的安排啊。"

我站住不再往前走，说："你还信这个？我不信命，只信我自己。"

就这样，安安去了大洋彼岸，我和谢勤在新的学校也没有落后，我们在学业和社会实践上都做得顺风顺水，每次通话都是相互祝贺，今天祝贺你拿了奖学金，明天祝贺我参加创业比赛成绩不菲。总之，我们各自奋斗在自己的路上，爱情是获得成就时转身回头看到的那股力量。

是爱情，让我们不敢懈怠，生怕对方奔跑得太快，自己跟不上。

对友情，我也是尽力追赶，虽然被安安甩开好远，但我没忘记努力，希望即使输也不至于太惨。

我们在你追我赶的游戏中玩得不亦乐乎，然后又双双拿到“优秀毕业生”称号在上海会合。那时候，我们都站在人生的巅峰，无论是找工作还是给爱情保鲜，我俩都很顺利，成就感接踵而来。

就在差点忘掉安安带给我的阴影的时候，我听妈妈说安安成了“海带”。她在美国学了个洋气的冷门专业，回国后国内的公司又高不成低不就的，导致她闲在家里，找个理由说要创业。

我把安安从山东喊到上海，进行了闺密间的一次谈判。

安安说：“羡慕啊，你看你和你的优质男友，把小日子过得多么正能量。”

我说：“妈妈说你高不成低不就，我不信啊，这不是你啊。说吧，在家里整什么幺蛾子呢？”

安安开心地笑了，说：“哎哟，知己知彼百战百胜不无道理啊，还是我的知己兼敌人懂我。”

一个小时之后，我对安安的创业计划竖起大拇指，然后愤怒地一拍桌子，说：“把你幕后的男人给我交代出来。虽说你的能力很强，但是你从来没有孤军作战的胆量。”

安安这才小心谨慎鬼鬼祟祟地拿出一张和美国男人的合影，一边嘟囔着：“完了完了，这辈子被你看扁了。”然后甜蜜地秀恩爱并叮嘱，“先别告诉你爸妈，不然就等于间接告诉了我爸妈，我还没有给他们洗脑呢。”

那天，我发自内心地为闺密喝彩，也为我自己的人生喝彩，我左边的爱情，右边的友情，无一例外都给我无穷力量。

……

（3）

我总觉得，落差萌芽于我们结婚那天。因为从那天开始我的心思悄悄地发生了改变。除了读书学习和努力，我又疯狂地爱上一些事情，比如给谢勤做饭、给谢勤准备衣服、给谢勤处理所有的生活琐事。

每次安安给我电话说项目进行到了哪一步，今天注册了公司，明天签下了第一单，后天投放了什么广告时，我总是觉得又被落下了，虽然同样的事情我也会做，甚至做同样事情的时候，拿到的报酬比安安多得多，可是安安是为自己在做，而我是为别人做嫁衣。

正当我内心充满纠结和失落的时候，我的领导找到我说有一个很好的机会要给我，不过要外派四川常驻半年，我，竟然，想也没想就拒绝了。

领导当时就很诧异，说：我看你自从来了之后一直很努力工作，加班你不抱怨，出事你积极解决，平时你乐观开朗，整个人散发着积极向上的能量，连公司上层都听说过你想要培养你，我们都以为你想进步，难道我们以为错了？

我自己比领导还诧异，那么爱成功的我为何不经大脑就拒绝掉肥差呢？谢勤分析了之后，说："我理解你。我也不希望你去，不过我依旧尊重你的选择。"

有了谢勤的支持，我对外派的拒绝从刚开始的犹豫不决变成了欢天喜地。是的。女人婚后，抬头看天，有一半的时候看到的是自己的老公和孩子。我们要用一生相随的事业是相夫教子。这个道理，我很明白。

我按部就班地在现任岗位上开始努力，可是太舒服的岗位总不会有太惊艳的机会，我也顶多是获得了这个总那个总的好评，职位雷打不动般没有半点升迁。

安安会嘲笑我说："你这就对了，结了婚的女人不就得围着锅台转么。所以，我才不要那么早结婚。"她和她的美国男友是最亲密的合作伙伴，共苦的日子过得有滋有味，用她的话说要好好珍惜，万一有机会同甘了，可能处境也就变了。

与此同时，我的爱人谢勤应酬不断，事业蒸蒸日上，他的前途一片光亮。我经常梦见他西装革履地去开会，身边跟着浓妆艳抹的年轻女秘书。

我开始越来越惶恐。

而谢勤会在送我一夜春宵后说，你想太多。终于，他当上了大区总监，好事成双，接着欢喜地当上了爸爸。这个眉开眼笑的男人又增添了几分帅气温柔魅力。

而当了妈妈的我，完全被孩子捆住了，出不得远门，约不了闺密，这让喜欢在职场上拼拼打打的我颇不适应。但是孩子的笑容又让我很满足，甘愿放弃其他一切。

和谢勤商量后，我辞去了工作，打算在家做全职太太直到宝宝上幼儿园。

这个决定让身边人炸开了锅。我的父母把我家所有的门摔出声音之后，声色严厉地说："你别后悔。"安安和男友告了三天长假，在我身边游说了三天三夜。

最后，我打开我家的大门，对她说："安安，你这几天光拿我宝宝练手了，钱我就不收了，你还是早点回去帮你家男人打天下吧。"

安安头一次恼我，说："别看你现在故作轻松，有你哭的时候！用你的话说，做这个选择的人不像你了，你不是这样的。”

我笑着摇了摇头，可听见安安接到她男朋友的电话，她要火急火燎地赶回去为客户接机然后找机会签约，心里又怅然若失。

回到卧室，看到孩子冲我开心地笑，瞬间我又释然了，这世上的成功有千万种，唯一不能失败的就是当一个好妈妈。

（4）

此后一年，我逐渐适应了在家带娃的生活。尽管和娃的互动有时候把自己累得像个神经病，但还是有种读书时候两耳不闻窗外事的清静感。

某天，突然看到谢勤看着我的背影微微发呆，我心底那根敏感的神经颤了颤。我照照镜子，虽然身材没有走样发福，但是在家里总是穿着家居服，也没有什么女人味儿可言了。

我做了一个梦，梦见安安和谢勤在我的前面手牵手奔跑，我喊不出声也迈不开步，吓醒了。

我和谢勤找了个机会聊了聊，我问他最近事业上怎样。他像上学时候一样把他自己的打算认真地分析给我听，我看着他，看到了他身上闪烁的光芒，我开始相信，看到他的光芒的肯定不止我一个。

好在我们是从大学时代走来的伴侣，我发现了谢勤的欲言又止，我引导他说：没关系，有什么事说出来。

谢勤还是和我坦承了，他的语气很轻，却砸得我窒息，他淡淡地说："老婆，要不你出来工作吧。这样下去，我怕……"然后头就深深垂了下去。

是的，我没有问他怕什么。我最清楚不过他当初有多喜欢积极上进快乐活泼的我，我也十分明白如今他多么害怕我从此退出职场不再有进步。

因为这时候，我们的爱情鸡蛋就有了细微的缝隙，随时会有优秀出色的女人叮上来。

我连续几天失眠，憔悴得不成样子。我不能被谢勤看穿我的脆弱，只是在他加班女儿睡着的时候控制不住地胡思乱想，然后掉大把的头发。

那时候孩子刚好一岁了，考虑好了之后，我和谢勤说："我后悔了。"谢勤还是送我一夜良宵，然后握着我的手说："我也后悔了。"

我和安安打电话说，你给我找份工作，我可以从零开始，我会进步很快的。安安说，你就去你原来的公司问问，从哪里放下就从哪里拾掇起来。

我说我不去，我吃不了回头草，你公司做那么大，你为什么不随手给我一职位。

安安说，怕你带不好我干闺女，就没告诉你公司已经破产，前男友滚回美帝国了。

我无语了。

安安把自己送上门来，两个一起回到原地的亲密敌人又开始彻夜长谈。

安安笑嘻嘻地嘲笑我关于她和谢勤的那个荒唐梦，对我说："还好，我们只是彼此的亲密敌人，而不是亲密炸弹。放心，我不是会去争抢你老公的那类闺密，我只是会和你比比谁跑得快。"

我拉着她的手，感到无比温暖，也讲了讲我的心里话，说："安安，从我结婚那天起，我的亲密敌人就由你变成了你和谢勤两个人。我必须努力地跑，起码保持自己能够在你们的视线范围内。可是这两天我明白了，其实，你根本就不是我的敌人，你我谁跑得快谁跑得慢，都改变不了什么，就算前方有好风景，新闺密，可是和对方不冲突，我们依然是对方的首席。可是，谢勤就不一样了，情侣关系只能是专一的。我太慢，他太快，我怕再没有机会和他并肩了。"

说到这里，一向坚强的我，有点动情，不忍心这么理性地看待我和谢勤之间那无声的疏离，它就像一把软刀子划向我们好几年的爱情，即使划不破，我也心有戚戚。

我哽咽了，安安很心疼地看着我，说："你不要这样想，你们之间还有女儿，还有纽带。你再回到职场吧，你还是那么优秀出色，你依旧魅力无限。加油！”

（5）

我和安安终于从你追我赶的关系转变为同病相怜的伙伴。我们俩开始调整状态，她回她的公司继续奋斗，尽管已经破产易主了，但她依旧像从前一样对待它。

我也硬着头皮回到原来的公司，没想到的是受到了同事的大力欢迎，新老同事都表示依旧全力配合我的工作。只是离职的时候我是销售分部经理，回去的时候我是销售分部经理助理。

谢勤高兴得都有些失态了，我明白他的苦，他是善良有责任感的男人，很看重我们这个幸福的家庭，可又是出色的职场男人，身边的花花草草多了，难免左顾右看，他可能比我更痛苦。

所以，我们都小心翼翼地做着彼此的努力，当精神出轨这种东西坦承出来的时候，心中除了危机感还有满满的温暖，好矛盾是不。

呵呵。

我和谢勤学的同一个专业，以前我总想和他在职场的某个场合相逢，比试一番。可是，我怎么也没想到，真的在职场看见他的时候，除了我，还有另一个高挑精致睿智的女人同我一样目不转睛地盯着正在发言的他。

那是我回去上班不久的一次行业交流会，我只是我们公司的随行观众，而谢勤却是他们公司的主讲人，他的 PPT 里还有我的意见在里面呢。

他在台上滔滔不绝，侃侃而谈，我骄傲地四处张望，希望看到每一个人都在仔细地聆听他。当然，还有一点点的私心，希望从观众里找到一点点可能有的蛛丝马迹。

哎，怎么说呢，爱一个人，总会挡也挡不住，总会流露出来的。

我很容易就看到了她，我真正的敌人，我和安安如是说。

我说："可是，谢勤在鞠躬感谢之前冲我点头微笑，而没有冲她点头微笑。凭这一点，我相信我们俩在这次危机面前，都没有放弃对方，都在努力。"

安安说："加油。你现在的确有危机，但是我有个建议，你尽管去散发你自己的光和热。谢勤应该比你更挣扎，但是他会处理好。"

她的意见和我自己的打算一致。而安安自己的日子也开始步入正轨，她身上海龟的光环让她很快被猎头发现，并把她成功地游说到一个有潜力有规模的大公司。安安和自己一手创立起来的公司告别，一定不会好受，可是她没有找我来诉苦。

两个曾经那么亲密的人，如今各自为前途为未来勇敢起来，一路披荆斩棘，只求平淡幸福就好。

不得不承认，那段日子我过得异常辛苦，不但要起早贪黑地上班，还要尽最大努力让谢勤感受到我对他的爱。我经常下班已经很晚了，还要去超市买好第二天早上给他的早餐，还要给女儿准备好第二天一天的食材。

工作上，由于本来就是熟悉业务的人，我很快便上手独立撑项目，然后又很快地得到赏识，面临着第二次的提拔。这一次，我学聪明了。

我准备了丰盛的晚餐，和谢勤宣布了自己要被提拔的好消息，谢勤的反应如我所料，他愣了一下，就开始恭喜我，然后和以前一样畅想未来，我算是听明白了，中心思想就是：老婆你好强，前途无量。

但是从他微妙的表情里，我还是能捕捉到他有一丝犹豫和纠结。他既怕我像之前做家庭主妇时一样闷在家里与世界脱轨，也怕我闯出去成就一番事业飞得比他高比他远。

我把一切看在眼里，然后，从此绝口不提工作上的事情，谢勤一定想知道我究竟做到什么位置了，但是也不好意思开口问。而实际上，我拒绝掉了升职，我没有办法接受去外地的事实，也做不到半年见一次女儿，呵呵。拒绝了，好安心，我一如既往地努力演绎好妻子妈妈职员三个角色。

我知道这是为挽回自己在谢勤心中的形象做减法。可是，我首先得是一个好妈妈，才能保全一个家。

（6）

安安说找了个小男朋友，写游戏的，她自己的灵感已经被掏空，求我帮她也想想创意。我一拍大腿，约见他们情侣二人，畅聊之后，发现，我原来是个人才啊，脑袋里的游戏人物和环节层出不穷，安安男朋友兴奋得直拍桌子。怪不得我一直没兴趣外派做老总，原来我注定靠脑袋吃饭啊。

很快，我的创意被应用在安安男朋友的游戏里，并且软件出来都得到了不俗的成绩。我和安安男朋友的合作越来越多，以至于两年以后我在游戏界也有点名气了。

这一切谢勤都不知道，我们之间要比以前默契很多，就要回到当初上学时候彼此仰慕的感觉了。我们都在努力，就差一点点，一点点。所以，我从来不会去问那个高挑精致睿智的女人是谁如今怎么样了。

当拿到了一个比较重要的奖项之后，我回家和谢勤讲了我和游戏的缘分，以及成就。谢勤惊讶得说不出话来，好几分钟之后，他说了一连串的祝贺恭喜加油等等的词儿，最后表示支持我的兴趣爱好和一切决定。

我干脆辞了原来的工作，入伙游戏工作室，开始为梦想打工。再没有时间去想太多，我和安安聊天，说："谢谢你，介绍我认识你有才的小男友，不然没我的今天。"

安安说："后悔啊，你们俩现在可以并肩前进了。我感觉压力山大山大的。不知道谢勤现在如何？"

我笑说："哈哈，把那句话还给你吧。我是你的亲密敌人，不是亲密炸弹。你懂的，你加油哦。"

安安高兴地点头，和我击掌："必须的。说不定哪天你发现我又成了那匹黑马哦，加油。"

有一天，谢勤喝了很多酒，借着酒劲和我说：我终于可以说了，我终于可以说了。

两年了，我看到的都是他的小心谨慎和压抑着的对我的愧疚之情，没有见到他如此狼狈，很是心疼，问："你可以说什么了？"

谢勤哭了，使劲地抱着我，浑身都在颤抖，说："我爱你，我又重新爱上你了，比以前更爱，谢谢你，这么出色，让我回来，回来了……"

我也哭了，我知道，这两年的努力没有白费，我不动声色地维护了我的婚姻和家庭，感谢老天，感谢上苍。

谢勤呜呜嘤嘤地说了好多他这两年的心情，以及他的目光是如何不自觉地被那个女人吸引，心里又是如何地感到对不起我和女儿。不过他最后说："还好。我没有做对不起你的事。"

我伸手刮了刮他的鼻子，说："借用你曾经的话，我们始终势均力敌哦，爱情会永远平衡的。"

谢勤也如释重负地笑了，说："没有。轮到我追你了。"

（7）

我们四个人终于坐到一起，安安的男朋友请我为他们的婚礼创意出点子。我抛了个白眼过去，说："你媳妇已经是亮点，还要什么亮点，不过，也许你媳妇可以自己做主持人，再自己跳一曲热个场。"

安安说："你瞧，我永远是那匹黑马。等我自己的婚礼结束后，我就可以跑出去接活做主持了，没准还能被电视台看中呢。"

大家笑了。

是的。无论是闺密还是老公，他们都是你的亲密敌人，要抓住他们的目光唯有奋力飞翔。不然，跷跷板的两侧无论是高起的那端还是落下的那端，都不会好受。

所以，加油！跑起来吧，姑娘！

02 远嫁的姑娘

早在2012年元旦，大家都在忙活着晒年终奖晒年会靓照晒各种高大上的新年愿望时，小朵也晒了一句：2011年，我辞了五份工作，换了四个城市，有了三个家，流了两个娃，只爱一个男人。

我问她：流娃这种事，何必写出来？

她说：这样，就没有其他男人会要我了，大鹏就会知道我一心一意的决心。

这世上如果有一万个女人，那就一定有一万种痴情的方式。女人，天生就是为爱写传奇的。

小朵就是其中一个。

那个男人，我认识。

但是，我记得2009年毕业那天的散伙饭，酒醉后躺在小朵的腿上睡着的是牛然。

第二天，牛然牵着小朵的手送她上了火车，小朵坐下后又转身跑了出来，用力地抱住了牛然，不肯放手。

五分钟后，这一对刚刚开始恋爱的毕业生情侣就各奔东西了。牛然去了深圳，小朵回了老家。

随后的一年，牛然在深圳的跨国公司做得风生水起，能言善辩的他很快就被提拔了。小朵也在深圳和济南的航班上飞得不亦乐乎。

用她的话说所有的工资都没动，都换成机票一摞一摞地捆着放在自己的抽屉里，见证着异地爱情的厚度。

有时候，信仰的倒塌就在一瞬，令人措手不及。

小朵说，决定离开牛然的时候，她只因为一件事。

什么工作忙啊没空陪啊不浪漫啊没情调啊统统弱爆了。

那天，牛然牛气哄哄地说，你男朋友有钱啦，买房啦，给你！

然后啪的一声把钥匙很牛地拍在桌子上，等着小朵兴奋地去拿，但小朵微微一笑，说了句：恭喜你。

第二天，也就是2010年国庆当天，小朵收拾行李消失在深圳。

途中给我发了短信：饭饭，我的电脑主页再也不用是携程了。呵呵。

我回：真的非得这么骄傲啊？

她回：必须的。

至此，她和牛然的爱情终结。

我身边像小朵这样的姑娘不多，她拒绝了身边很多追求者，静静地待在牛然身边，看着牛然的女朋友换了一茬又一茬，终于在临近毕业的时候赶上了末班车，成为他的女朋友。

还是散伙饭后 KTV 里，小朵一动不动地让牛然枕着大腿睡了一晚把他感动了。

小朵和牛然分手后，很快地交了现在这个男朋友，小朵唤他大鹏。

大鹏也是当初她的众多追求者之一，家在安徽桐城。

就这样，小朵又默默地把主页换成了携程。哈哈。大伙调侃她：你就认了吧，远嫁的命。

她笑成一朵花，说是哦该嫁了，我怀孕了。

大家又开始七嘴八舌地建议，让大鹏来济南工作，让小朵拿孩子要挟他。

可是小朵默默地打掉了孩子，收拾了行李去了桐城。

一片唏嘘。

我说：干吗这么糟蹋自己？

她回：爱他。

2011 年五一，我和宫先生自驾游，我坚持说服了宫先生，一定要绕路去看看小朵，去看看这个骄傲又倔强的姑娘怎么样了。

约好的饭店，小朵牵着大鹏姗姗来迟，嘴里嘟囔着："不好意思，临时出了点事情。不好意思。"

"小朵你！你又怀孕了。"我一眼就看出了她微微隆起的小腹。

小朵躲闪着说："没有啊，别瞎说。"

"哦。"

寒暄过后，聊及工作，小朵说："我现在做咨询，不过马上要辞职了，大鹏的妈妈让我先回大鹏老家工作。"

大鹏说："是呀，在县城里买不上房子。家里怎么着也是二层，有地方住。"

我问："那你们俩不就分开了。"

大鹏刚想说话，小朵抢着说："没事，有合适的机会他会回去和我会合的。"

那时看着小朵满脸的幸福，我心想小朵过得其实还不错，大鹏也还挺不错的。

吃完饭，大鹏结账去了，小朵俯在我耳边说："饭饭，我和大鹏不会分开，他暂时没有工作，我们一起回镇上。"

我诧异："那刚刚……"我其实想说你干吗刚刚不说。

她说："我怕他没面子。"

好吧，善良的姑娘，我一低头无意间看到她穿着一双磨得起了毛的皮鞋，大概明白了几分，猜到他们的物质生活应该有些窘迫。

回青岛后，有一天，接到小朵的短信，问我借六千块钱，我第一反应是，小朵手机被偷。

赶紧打电话过去。

却是小朵接的，我说："朵啊，我刚刚收到一短信……"

"是我发的，不是骗子，我需要用钱，不好意思和你开口。"

"怎么了？出什么事了吗？"

"嗯……饭饭……你上次看对了，我怀孕了，得打胎。"小朵弱弱地回答。

"怀孕了好事啊，干吗打胎？他妈妈不是都知道你们的事情了吗？结婚就是了。"我很不解。

"现在不是时候，大鹏去电脑学校进修了，把我攒的那些钱都交学费了。"

我这才真正地对小朵的现任男朋友大鹏有所了解：他毕业后第一份工作受挫后，就再没有稳定下来，接连跳槽，经常大段大段的时间就耗在家里等笔试等面试。还好小朵有工作。

宫先生私下和我聊天时候说："小朵现在连打胎的钱都没有，你说她会不会后悔当初没有放下骄傲拿起牛然给她的新房钥匙？"

我说不会。

宫先生说你怎么知道人家怎么想的。

我说我当然不知道人家怎么想的。我是说我也不会放下骄傲去捡一串男人丢来的车钥匙房钥匙，所以你记好了，想送我东西先送个吻热热场，再双手捧上礼物。

宫先生说：遵命遵命，女王大人。

女人，如果你的男人连同爱和尊重一起给了你，你会不会像我一样爱死了这种时光。

所以，可能，我会有一点点理解小朵。

我给小朵打过去她需要的六千，等了几天，等她有足够的时间打掉孩子并休养好，我才打电话给她。

我说："朵啊，骄傲也好，自尊也罢，首先得爱惜自己呀，这一次次打胎是为什么呀？"

在人前永远淡淡微笑的小朵，终于在我面前打开话匣。

"饭饭，回大鹏老家的镇上，我只能找一份上夜班的工作，虽然活不多，经常休息，但是工资就只能拿到一千多，我们养不起孩子。"

"让大鹏出去挣啊，养活老婆孩子那不是应该的吗？"我有些气愤，小朵怎么找了个软男。

"我不想催他，他有他的想法，时机不到。"小朵弱弱地说。

“滚他妈的时机。等你打几次胎才是时机？”原谅我，甭管是看小说，还是看电视，我都气愤那些随意打胎的女人。

都给我记好了，就算刘德华和你睡，没结婚也坚决不能怀孕。

可是，小朵显然生气了。“好了，饭饭。谢谢你肯借给我钱。我一定尽快还上。先挂了。”

……

所以说嘛，你不是别人，永远也理解不了别人。

谁知，别人竟还找上门来。

牛然从QQ上找到我：饭饭，我不好意思直接联系小朵，她现在好吗？

我说，挺好的呀。

他说，哦。

过了好久他又说，听说小朵远嫁了？

我说，远是远了，还没嫁。

牛然说，我结婚了，对象也是我们校友，一个公司的同事，小朵走后，我挺失落，就和同事日久生情了。

我说，说这个是让我转告小朵有女人替她住了新房？！

牛然说，什么？！

他竟然从来不知道小朵离开他是因为他那气势凌人地一拍房钥匙。

他这样说：

“我以为小朵看到了我们之间的差距而自卑地走掉了，我是总监她是小员工。我还以为她受不了我主导安排她的生活，我也以为她异地恋跑够了……”

我说：“停，你以为对了。”

我才终于明白小朵嘴里所谓的因为骄傲离开了牛然，其实是压倒小朵初恋的最后一根稻草。

从牛然说的话里，我已然看到了他们俩之间不平衡的恋爱关系，可能，牛然早已经因为自己事业的小有成就而对小朵颐指气使了。

抱着尊严，小朵走掉了，转身投入大鹏的怀抱。

我只是不明白，大鹏，看起来不急不慢不上进，甚至有些软骨头，小朵为何这么坚定。

直到 2012 元旦，小朵晒出：“……流了两个娃，只爱一个男人。”

我说：“这个男人有什么好，让你流了两个娃。”

小朵说：“大鹏从安徽桐城执意来了济南说服我，让我生下第一个孩子，他让我等他，他要回去申请去原来公司的济南办事处，我趁他回去的时候打掉了孩子去了桐城。”

我说：“他没骂你太自作主张？”

小朵说：“没骂，他心疼得哭了，和原来公司请假一个月，陪了我一个月，丢掉了第一份还算不错的工作。”

我说：“所以他以后找工作不顺，你都能理解并包容他了？”

小朵说：“你如果知道第一个孩子是牛然的，是不是就理解我了。”

我说：“什么？！那大鹏为什么会跑去执意让你生下来？”

小朵说我也不知道。

2013 年国庆，小朵再度怀孕，大鹏的计算机工作室也逐渐有了起色，这一次，他们选择完婚。

我看到小朵又在晒了：

我只想有你和我在一起，没有名车豪宅，谢绝繁华乱世，独守一片相濡以沫的宁静。

他们的婚礼上，大鹏悄悄和我说：“小朵说你竟然不明白我为何让她生第一个孩子，你写过那么多爱情故事，竟然不知道爱就是尊重，尊重她的性格，尊重她的习惯，尊重她爱情的结晶，不管是和谁的，始终是她的。”

我用力地碰了碰他的杯：“祝福你们！”

至此，小朵终于远嫁了。这个远嫁姑娘会幸福。

03 就算你是个大富豪，也留不住我的美好

情人节只不过一年一天，

而幸福却是多年一世。

（1）真希望自己是个大富豪，那样就能留住你的美好

那天，在市场上我们一起买菜，我同商贩为了缺斤少两争得面红耳赤，宫先生在一旁使劲地拉我，劝我：“算了，算了……”

那就算了吧，如果不是想维持在宫先生心里的淑女形象，我一定同扰乱市场秩序的不良商贩斗争到底。

往家走的那一路，不善言谈的宫先生找了一路的话题，试图让我尽快从生气中走出来。回到家，他赶紧抱过儿子来，说道："快哄哄妈妈。"

不到两岁的儿子上来搂住我的脖子，笨拙而乖巧地说："妈妈，亲你。"

瞬间，心里的气全消了，人间生活琐碎，总会遇见各种各样的人，惹起我们各种各样的情绪，可是，犯不着把坏情绪带回家。

我不好意思地看着宫先生，说："对不起老公，我不该为其他琐事低落了自己情绪的。"

宫先生说："就是嘛。"

当天晚上，一切收拾完毕，睡觉之前，宫先生从微信给我发一个大红包，上面写着："真希望自己是个大富豪，那样就能留住你的美好了。"

我秒懂了他的意思。

他是觉得我为了三把芹菜两把葱同商贩争执是因为节俭持家，如果他很有钱，那么作为他的妻子我就不用成为俗气的砍价婆了。

……

（2）美好包含了太多的意义，但统统都指向了年轻时的岁月

宫先生说他要留住我的美好。可是，美好是个什么意思？年轻貌美单纯善良？耳鬓厮磨过活？不食人间烟火？

至少，在他发红包的那一刻，他是这样定义的。

美好反正就是不能俗，不能充分暴露砍价婆的面目，嗯哼。

他觉得以前的我脾性不会如此，以前的我是个乖乖女，不会为了任何事放弃淑女形象。

现在的我，言行举止除了妩媚（当然这个词是我自己加上去的），其他都是地道的老婆子气息。

嗯，在一起几年了，一路走来，其实我们俩算是够恩爱的，也有了爱情的结晶，儿子一介。

但我俩，一个偏文艺一个偏技术，各自在各自的领域里发光发热，除了以日常斗嘴的方式示爱，我们很少用如此浪漫的诗词告白。

我捧着手机看着他的大红包和他的那一段很容易触动人心的话，着实激动了一会儿，并顺着他的思路小小地做了一会儿美梦。

想当年，我是一个多么美好的姑娘啊。说话斯文、走路碎步、热爱读书、喜欢自由，经常三五好友聚在一起讨论时尚、交流文化，身边还有一位志同道合的青年，小宫。

嗯，谈恋爱的时候，我们才不管怎么理财怎么攒钱，就是想着去哪里旅游去哪里玩耍，趁着热乎劲儿，游遍祖国大江南北。

我们遇见明明是骗子的乞讨者，也会大方地扔下五块钱，没办法，我们是多么有爱的一对情侣。除了面子，当时的我们也确实有点爱心泛滥，因为自己没遇到什么难事嘛。

我们曾经遇到过在饭店吃出头发的情况，可是两个小年轻就默默地换一家饭店继续吃了。

估计，当时我们俩都在想，这还谈着恋爱呢，可不能因为一点儿小事就找商家理论，这不显得不大气么，好找碴儿么，还是端着吧。

那时我们自由奔放快乐，不在乎琐事，不计较得失，我们就单纯地爱着，交往着。

大概，他说的美好，就是那时候眼中的“我”吧，年轻、独立、个性、带点文艺。他想留住的，是那样的我吧。

（3）就算你是个富豪，也留不住你以为的美好

是的，那天我很感动，感动宫先生对于我的爱和给予我的关注。

可能买菜这件小事儿，有的男人根本就不会留意，也压根儿不会陪老婆去。

所以，我是幸福的。

那么，宫先生的关心和爱护我都收下，以后生活中的漫长日子，我仍然希望先生能如那天一般给我温暖。

我也会尽我所能去反馈爱意，让两个人的心靠近一些，再靠近一些。

但幸福之余，并不代表我会被他的情话带进“理想国度”里走不出来。

信了宫先生这么多年，还是比较信他说过的另一句名言：千万不要信什么如果。

是啊，他所谓的想留住我的那些东西，没有一项是他只要富有就能真留住的。

就算他是富豪，豪爽地送一笔奖金给我，让我购置大量的玻尿酸，替我拼命抚熨脸上的皱纹，可是他能接受我一张还算耐看的脸上嵌着一双永远十八岁的明眸吗？这不是自己吓自己嘛，所以，我还是希望我到了什么年纪就学会什么样的生活态度。

就算他是富豪，任性地递给我一张信用卡，让我一次买两斤芹菜，吃一斤，扔一斤，可是即使他能接受，我也不能如此浪费啊。事实是，我依然得想方设法修炼我的主妇能力，爱一个家就操持一个家，啥叫操持？就是想好了今晚炒芹菜，家里就得备好了猪肉，下班就得买好芹菜。

就算他是富豪，给我雇来一沓子保姆用人，替我做饭收拾家务，可是给娃做饭喂饭、把屎把尿、唱歌讲故事、哄娃睡觉这些事我还是想亲力亲为。因为，女人都是在奉献和付出中逐渐成熟的。

就算他是富豪，我还是会成为众多平凡女人中的一员，扔进女人堆里，不仔细看外表，便再也认不出来。

我们都是一样的分身无术、自觉付出，一边盘算着家用，一边学会了挑选蔬菜和水果，一边带大了爱情的结晶。

我们不美好了么？

非也。

只不过，经过生活所锤炼出来的美好，另有一番定义。

（4）我更希望，你陪我欣赏岁月斑驳，陪我算计一地鸡毛

时间的车轮最是无情啊，它碾过脚印送来皱纹，送别单纯推来世俗。

还好，时光改变了我，也顺便改变了你，哈哈。

认识这几年，宫先生从小宫变成了老宫，从聪明好学努力上进的傻小子变成勤恳认真坦诚担当的家庭顶梁柱。

最明显的是，以前那个 2 尺 2 的“小蛮腰”消失了，那个清瘦的略显单薄的他不见了。

为了事业和家庭能更好，为了争取天时地利和人和的氛围，他开始习惯了交际和应酬，隆起了一点点肚腩。

然后又为了减肥去健身，把自己练成了胳膊和大腿非常健硕的、极其不好买衣服的老大难。

一点点告别以前那个闷骚稚气的青年，变成和什么年龄的男人女人都能聊上一通的中年男人。

你瞧，从婚前到婚后，从单身到为人父母，我们都下意识地变了。

所幸，当所有的一切都变得烦琐而俗气起来的时候，我们是一起的。

我们俩经常为了给孩子买一身舒服又实惠的衣服，翻遍淘宝；也经常一起吐槽单位里社会上的不好的事情，再一起商量对策。

还有一次，他在亲子园陪儿子玩耍，太投入，用力过猛，裤裆刺啦一声破了，这要在他年轻时候他一定囧得不成样子，可是，现在，我俩笑得一塌糊涂。

儿子竟然也咯咯笑起来。宫先生说："陪儿子玩得高兴，破个裤裆算啥，就是让我在大街上裸奔……"

我接上说："就算你愿意，我还得考虑考虑呢。"

我们都笑了。是啊，这只是个趣事儿，但是这种无处不在的乐趣覆盖了我们生活中方方面面的尴尬、无措、沮丧和失望。

牵手走入婚姻，我们都不再紧绷着外在的形象，慢慢地放松了心里的防线，加上儿子，融为一个完整而不可分割的整体。

未来的生活，同样充满着艰辛和荆棘，都需要我们摸着石头过河，一边碰鼻子一边生活。

可能，我们会因为起早送孩子上学而穿反了袜子，我们会因为赶着回家做饭而把手机落在菜市场，我们会因为商贩卖给我们一个不熟的西瓜而生气，我们会因为孩子之间的误会和邻居和别人生了矛盾……

可能，我们的生活里，点点滴滴，充满繁杂琐碎，甚至一地狼狈。

但是，只要我们在一起，把最俗的日子过得最热闹，就是真正意义上的美好。

我给宫先生回了一个比他刚才包的还大的红包，告知他：

时光不可能倒流，我不可能像恋爱时那样，和你一起吃个饭就脸红、约个会还提前好几天不吃大蒜、收你个礼物就高兴好几天了。

此刻，我不再符合碧玉、桃李、花信的形容，却已经以一棵树的形象与你站在了一起，可以抵风挡雨，陪你一起丰满而立的羽翼了。

此刻，我乃一名自力更生、勇敢坚韧、坚不可摧的女战士了。

对不起，宫先生，请珍藏以前那个青涩的姑娘，也请挚爱当下这个“俗气”的少妇。

唯有这样，五六十年后的未来，当你迎来一位干瘪而蹒跚的老妪时，你才不会如此惊慌。

嗯。

如果，你非要成为一个富豪，那么我一定会鼓励你、协助你，但我有一个要求，就是你要留住的美好，一定是我从容、淡定、温和、成熟地面对生活的勇气。

而永远不是，你把我少女时代的“不食人间烟火”的情怀供起来。

我虽然仍然会一如既往地爱自己、装扮自己，一如既往地努力，但我会比以前更加理性了。

我发了一段话给宫先生：

承蒙先生厚爱。

只不过，

就算你是个富豪，你也留不住我的美好。

青春不再，年华易老。

倒希望，

你是个话痨，陪我算计一地鸡毛。

04 · 这世间所有的相遇，都是久别重逢

（1）

不知道是幸运还是不幸，校花和校草同时诞生在我们班。他们拥有神仙眷侣一般的外形和名字。校花叫合唱，校草叫旋律。

可是他们不相爱。全校人都为撮合他俩操碎了心，他俩却总是擦肩而过并视而不见。

合唱毕业后进了电视台，她主持的节目从不缺广告，就因为单身的她被各种土豪才俊围绕。

可是，歌里唱得真好，“没有人愿意承受岁月无情的

变迁”，十年了，她身边的粉丝所剩无几，质量也不高，反正没人交得起合唱那黄金档节目昂贵的广告费。

合唱只好起身自己去拉广告，收视率虽然一般但她真的算是蛮拼了。

这时已经是2015年夏天了，再遇到旋律，合唱心里一颤，她也奇怪自己竟然能在毕业十年后对他有种一见如故的感觉。

旋律穿着一身干净利索的休闲装，皮肤黝黑像去非洲晒过，眼神却淡定而充满温情。

合唱伸出手去，说：“嗨，你好，老同学。”旋律突然有点激动，他站起身：“合唱，别来无恙。”然后握着合唱的手不松开。

其他人都看在眼里，找个机会悄悄退下，想让这对老朋友互诉衷肠。他们觉得建筑公司旋老板也不过是风流人物，见美女也是形色慌张，一定会拿下合唱节目的冠名权。

两个老朋友面对面坐着，感觉气氛很尴尬，合唱毕竟是有求于人，主动把话题拉回校园，无限感慨地说：“嗯，好快，毕业十年了，没想到会有机会再见面……嗯，上学那会儿，我们都没什么机会说话。”

旋律不像是那么念旧的人，却被合唱几句话就说得眼角含泪，情绪激动，他的语气都有点哽咽，低沉地说：“是呀，难熬的十年这不也过去了么，你成了著名主持人，梦想成真了，祝贺你。”

合唱被说到了软肋，主持人这工作是她难以割舍的梦想，即使丢掉一切也不愿离开电视台。她为了节目，开始劝酒，反正就剩下他们两个人了，多喝点也无妨，老同学总不会笑话她失态吧。

几杯酒下肚，两个人总算进入重逢状态，话也多了起来，热烈地交谈起过去的这十年。

合唱说："我什么也没干，就是睁着眼看了一出青春散场。"

旋律说："我干了很多，赤裸裸地演了一场青春伤痛。"

合唱说："我先说。"

旋律说："嗯，你先说。"

这时候，时光像一条隧道，铺就了一个好美的故事。

（2）

2005年，他们的毕业年。

合唱算是全班最辉煌的一个了吧：顺利签了电视台，走进黄金档，等待她的是名声大噪和数不清的金钱荣誉。

她喜欢穿白色连衣裙去上班，看起来清纯又干净，所到之处引得男人女人竞相行注目礼。

台里的领导对她喜爱有加，经常带她参加各种活动，就是在那一年，她认识了县政府里的大秘左城。左城没有追求她，只是给她至高的欣赏和尊重，这让她迅速在本地成为一位女神似的标杆，所有人都高看一眼。

合唱如鱼得水地混在电视台，事业和生活一下子甩同班同学两千里，除了和同学渐行渐远、深夜并没有人可以聊天的缺点之外，合唱觉得生活越来越完美。

旋律可能就没有那么顺利了，他毕业当天就随女朋友回家拜见父母，孰料被女朋友的一双势利眼父母挡在门口，他们是笑着说的："你们还小，等房子车子都有啦，再谈朋友。"

偌大的县城像一座冰冷的城堡，让旋律瞬间信心全无，他在学校驰骋风雨的本领在那一刻显得一无是处。

是的，当才华撑不起你的野心时，就到了努力的时候了。

音乐学院的男高音小王子旋律，并没有艺术系学生的矫情劲儿，他将自己放到很低的位置，投出很多简历，最后谋得一份建筑公司的职位，可以学到东西，不过远在新疆。

收起萨克斯等挚爱的乐器，他背上行李远赴新疆，只因为，工资高，他可以迅速为心爱的姑娘在父母面前争一口气。

合唱问旋律："你为何不待在女朋友身边，一边陪她一边赚钱啊。"

旋律说："我也不知道，明明很爱一个人，我为什么会选择有一点困难就远走他乡了，像是赌气，又像是负罪。呵呵，说不清，直到现在也说不清。”

合唱想安慰他，又不知道如何说起，就没话找话地问：“呵呵，真好奇你朋友是什么样子的，她叫什么名字。”

旋律深情地说：“我叫她仙仙。”合唱都听出了语气里的宠爱，羡慕不已，心想，一定是个仙女一般的姑娘。

和想象中一样，两名在学校中同样出色的同学，在踏上社会的第一步，不可避免地拼了爹。

这也是无可厚非的，更何况合唱本来就是姑娘，她本来就该在别人的呵护和宠爱中快乐地生活，她也的确得到了，身边献殷勤的男人无数，可是，她保持单身。

而旋律对于自己的起步和选择，表示很感谢那段岁月。假如没有尝到烈日下赶工程的滋味，没有机会住一住毛坯房的地下室，没有现实将他打打清醒，他也就不会有现在的成就。

（3）

2007年，毕业生的两年瓶颈期过去了。

毕业后，迷茫和无助开始成为我们班同学那个时期的代名词，每天都有人失业失恋，每晚都有人大哭抱怨吐槽，是啊，在性格被磨去棱角的头两年，无论你怎么做，都是痛苦的。

合唱在说到这一年的时候都不无感慨，脸色十分不好看，她说：“也不知道是哪天，2007 年新年过完后，我突然发现自己爱上了左城，因为哪儿哪儿都少不了他，赞助会、总结会、表彰会，甚至朋友聚会，可是他就是不肯说爱我，那么，当有一天，我意识到生活不能没有他的时候，我来告白吧。”

于是，合唱成功地当上小三，开始以爱的名义犯浑。她也没想到，自己越是坚持冰清玉洁，就越是轻易地走上了这条路。但是，为给自己心里安慰，她不收左城的房和车，更不要他送的金钱和首饰，总之，她更加勤奋地工作，以打发掉那些左城回家陪妻子的时光。

大概是听的见的多了，旋律边听边埋头喝酒，当听合唱说起最初和左城之间的惺惺相惜之感时，他索性拿起酒瓶吹瓶了。

合唱说：“大概，可能，也许，每个女人都是自欺欺人的。我那时候以为生活够完美了，挚爱的爱人和挚爱的职业，如果一成不变下去，大概，可能，也许，我可以这样过一生而无憾。”

她说自己能够做到为左城甘愿做小女人，洗衣做饭听他讲官场风云。曾经为了给他做他嘴里常常念叨的九分熟煎蛋，那是他妻子的绝技，合唱一个月的工夫煎掉十几斤鸡蛋，闺密朋友都吃到恶心，她才终于肯把正品端上餐桌，博爱人一笑。然后，为了遮挡手臂上烫起的水泡而穿着长袖上节目。

旋律低着头，像是在配合合唱，他说：“嗯，我理解你。”

合唱也从自己的情绪中抽身出来，不再讲述自己的甜蜜往事，说：“谢谢你。你那时候在做什么呢，我记得你特爱萨克斯，学校的每场演出你都是重头戏。你做了建筑，你的萨克斯怎么办？”

旋律的心头病就是萨克斯和前女友，提不得，放不下，像一根刺扎在喉咙，在他的脾气想要扩张和怒放的时候，出来提醒他，你看，你挚爱的两样东西，没有一样在身边。

那年冬天，他的师父从十四层工地翻身坠地，身亡。刚好在身边的他被掉落途中的一根钢筋戳中眼角，十几天缠着绷带。没有光明的日子，他不能哭，怕伤到眼睛，他还得庆幸自己多么命大，如果再往前一步，丧命的就是自己了。

拆了纱布，他头一次花钱那么不眨眼，买了机票，飞回仙仙所在的城市。两年没见了，他在新疆没日没夜地工作，终于攒了一点钱，虽然还不够买房和车，可是，买一只戒指还是够的。

他带着戒指和思念匆匆去见仙仙，在仙仙的单位门口，眼睁睁地看着她上了一辆他叫不出牌子的车，心里窒息般痛苦，他流泪了，边走边哭，路过咖啡馆，看见玻璃中的自己因为赶时间而没来得及换掉的工装和工鞋，脏兮兮的，愈加难过和痛苦。

第二天，他飞回了新疆，仙仙依旧在电话里叮嘱他注意安全，依旧发短信说想他爱他。他想也没想，删掉了她的电话，继续做这份工作，即使有师父死去的阴影，即使有危及生命的安全隐患。旋律想，我还能怎么样呢，人生的低谷不过如此吧。

说完，他握着啤酒瓶的手已经青筋暴起，他说："那时候，我恨，我全是恨。"

合唱最初的时候，被他的故事惊大了嘴巴，回想自己的小三经历，那还有什么是不能理解的呢，她淡淡地说："恨什么呢？有什么好恨的。"

旋律都快哭了，说："我爱仙仙爱了整整六年，她父母的势利没有打垮我，新疆的苦累也没有打垮我，可是，仙仙的变心，让我差一点丢了生机，比生命还重要的生机。"

合唱说："嗯。我懂。"

（4）

一晃到了2009年。

群里的请帖飞来飞去，当爸当妈的一堆了，合唱依旧沉浸在同左城的不正当关系中。不正当这个词，在当年是被合唱列进黑名单的，可是如今从她自己嘴里讲出来，也不过呵呵一笑。

她说："呵呵，哪里有不透风的墙。当左城的妻子冲进电视台揪住我厮打的时候，我还是嘴硬的。我竟然高昂着头，骄傲地接受她砸过来的拳头，当时我就是心想，来吧，之前我对不住你，这下清了。但是，我们的爱情是阻挡不了的。”

说到这里，旋律苦笑着问：“她之所以冲到电视台，是因为找不到你的家吧？”

“嗯，她最初也是不想众人皆知的，她也不想自己老公断了仕途呀。”

合唱固执地住在自己租的房子里，不肯接受左城给安排的爱巢，结果让恋情曝光在单位里，她如过街老鼠一般的日子就是从那天开始的。脊梁骨都快被戳断的时候，她依旧坚持上班，她没办法辞职，主持人是她永远的最爱。

旋律说：“我见过你，那时候。快上班的时候，躲在单位角落里不敢上前，唯诺踌躇得像个可怜的孩子。”

合唱惊讶地说：“哦，你又回来了？怎么不上前同我打招呼？”

旋律说：“对不起，那时候，我没有心情。”

旋律的心伤整整疗了两年多，就在他开始慢慢地恢复过来，想着自己不该沉沦，应有一个更好的未来的时候，家乡传来让他五雷轰顶的消息：仙仙出了车祸，躺在床上生死未卜，但是还有气息，她的父母四处寻找和仙仙有关的人，希望能帮助唤醒她。

旋律义不容辞地回到家乡，看见仙仙奄奄一息躺着的那一刻，心又疼了起来，眼前一个个场景晃动起来：在校园，仙仙摇摆着长裙转圈圈；在宿舍楼下，仙仙快速地拥抱一下自己又快速跑回去；在他第一次去新疆时的火车站，仙仙扎着马尾咬着嘴唇隐忍着眼泪。

一切的一切，近在眼前。他拉起仙仙的手，把嘴靠上去，默默地守候很久，才轻轻地唤出一句：仙仙。才刚出口，就泪如泉涌，旋律心想，我原谅她了，我不能再走了，我要留下来，陪她。

可是，仙仙并没有感觉，旋律的声音对她没有效果。

合唱幽幽地说："那个男人呢，大概，可能，也许，他的声音会比较管用一些……对不起，你见谅，我只是说实话。"

旋律说："他死了，他们在同一辆车上，仙仙坐的副驾，那个男人把生的机会给了她。"

合唱也不知道该说什么了，轻轻地"哦"了一声。

（5）

2012年到了。

合唱说，时间是一切的良药，我终于还是熬了过去，重见天日，感觉一切那么好。

旋律关切地问："为什么说重见天日了？"

合唱笑意盈盈地说："在我众叛亲离走投无路的时候，爸爸秘密找来几个媒体朋友，帮我散播小道消息，说是左城的老婆得了精神病，给我泼脏水，我才慢慢地又回到公众的视线。"

旋律点点头，表示："嗯，那个时候不但原谅你还去帮助你的，只有爱你的人。"

合唱的爸爸正是地方台的台长，他在毕业的时候把自己的女儿安排到电视台并捧红了她，又在她情感走错路的时候不遗余力地豁出去老脸拯救了她。然而，合唱的生活虽然重新走入了正轨，可是，不可避免的，身边的粉丝散去无数，尤其是男性朋友们，都被自己的老婆严加看管，不能和合唱再做朋友。

不过也罢，合唱本来就是犯了错再洗白的嘛，堵得上所有人的嘴也堵不了自己内心的窟窿，她常常在夜里，哭醒，梦见一个男人朝自己招手。

旋律突然插嘴道："左城呢？左城哪里去了？"

把合唱问得措手不及，局促地答道："我……我……我不知道了。真的，我真的不知道他以后怎么样了。"小脸急得通红，自从淡出左城的生活，合唱真的很久没有他的消息了。

旋律一把握住合唱的手，他觉得眼前的这个姑娘还和上学时一样清纯可爱，他使劲地握了握她的手，说："嗯，没事，他去哪儿不重要了。

你还有更长的路要走。”

合唱的脸更是红得不成样子，虽然和旋律的这次重逢让她有相见恨晚之感，但是旋律手里传来的温度，还是让她迷茫了，在学校时候没能产生爱情，难道要在毕业十年之后的重逢时刻，再一见钟情么。

合唱还是岔开了话题：“那你，回来后没有再离开这里么？”

旋律陷入了沉思，在医院那天他没有唤醒仙仙，但是唤醒了曾经被仙仙杀死的爱情。他对自己承诺，不但要有房子车子，还要有不离不弃。

合唱说：“为什么？她背叛了你啊？”

旋律哈哈一笑，说：“她是背叛了我，可是她没有背叛爱情啊。我是她曾经的爱，而他是她那时候的爱……嗯，我也没有背叛爱情，曾经、现在、未来，我的爱，大概、可能、也许，只会是仙仙了。”

合唱扑哧一声笑出声来，说：“不要学我。”但听到旋律心里还爱着仙仙，竟有点小小的失落，继续问道，“那你这几年就一直在医院里陪着她么？她现在怎么样了？”

事实是，旋律离开医院的第二天，仙仙就醒了，被医生救醒了，只是失去了记忆，所有的事情都要靠妈妈的讲述来还原。

而旋律又找不到回到她身边的理由了，他低低地说：“有时候，爱一个人真的会痛彻心扉，我对爱情真的无能为力了。”

于是，旋律第二次想起那句相似的话，当一个人的能力完不成自己的心愿时，就是时候继续努力了。

有时候，屋漏偏逢连阴雨，当旋律把自己在新疆的积蓄都拿出来承包工程时，第一单就被骗了，对方拿着钱跑路了，旋律再次一无所有。

旋律身后的酒瓶已经摆了两行，男儿有泪不轻弹的他终于落下眼泪，他说："你能想象么，毕业七年了，在同一个城市，我又回到了原点，呵呵，欲哭无泪啊。"

合唱跟着叹了口气："唉。"

好在天无绝人之路，当年在新疆的那一劫，保险金下来了。是的，经合唱仔细辨认，旋律的左眼是假的，装上去的，她这次理解了旋律在新疆的工作是多么危险。

旋律说："感谢新疆，感谢那段日子，让我千锤百炼之后，任何事情都打不倒我。"他用那一笔保险金继续投身建筑行业，从一块块搬砖开始，终于成立了公司，并且在本地小有成就。

合唱用崇拜的目光看着他，说："你看，在学校里就很优秀的你，肯定会成功的。"

旋律说："不，只是一半，还有我心爱的姑娘记忆没唤醒。我始终没有勇气去见她。我没有信心能唤醒她。"

合唱仿佛就在突然之间眼角含泪，她的目光少有地炯炯有神，直直地盯住旋律："你能的。"

（6）

这时候，合唱的电话响起来，是合唱妈妈打来的，旋律听见对面在说："女儿你什么时候回来，约的三点去黄大夫那里，别耽误了。"

合唱说："我已经醉了。今天不去了。"

妈妈显然很生气，叽里咕噜地说了一通你怎么能这样，耽误治疗就将前功尽弃。合唱挂上电话，跟旋律说："可是，我还没有聊够，十年了，我第一次聊得这么畅快，旋律，不知道为什么，我总感觉，自己伸手就能碰到你的心脏，好真实，很温暖。"

旋律抬起头，好不容易才把眼泪憋回去，说："我理解。就像有句话说的，所有的相遇都是久别重逢。呵呵，老同学，走，让一个醉汉送另一个醉汉回家。合同还没签，我们还有机会再坐下来喝的。"

旋律想，无论如何，不能耽误她去看黄大夫。等出租车把这两个人都送到合唱家的时候，两个人竟然依偎在后座上睡着了，合唱妈妈拉开车门，看到他们，先是叹了两口气，然后又很欣慰的样子，喊人把他们都扶到卧室里去好好睡。

第二天清晨，合唱伸着懒腰起来，看到身边的旋律，尖叫着冲出卧室，说："妈妈，妈妈，这是旋律，他怎么在我卧室里？"

合唱妈妈笑眯眯地说："对呀，这是旋律，他现在是建筑公司的旋老板了，你昨天去他那里拉广告，你俩都喝大了，出租车把你们送回来，你们就只能住家里啦。"

合唱说："那怎么在我卧室睡？"

合唱妈妈很神秘地一笑，说："我看这小伙子也不错嘛，再说又是你同学，知根知底的。"

合唱嗔怪了一句，就去喊旋律吃饭了。没吃别的，九分熟煎蛋，合唱就好这一口。吃完饭旋律起身拉住合唱，说："阿姨，这次我陪合唱去黄大夫那里。"

合唱妈妈连连点头："好的，好的，好孩子，你去吧。"

黄大夫是这个县城里有名的专科大夫，尽管如此，合唱的病还是几年都未见起色。六年前的那场车祸，险些要了她的命，从鬼门关上走了一圈再回来，合唱就失去了记忆，医学上称懒惰型失忆症，就是只能记自己想记的事，而不想记的，甚至连昨天的事都想不起来。

合唱选择的记忆只有她的主持人工作和一个叫左城的男人。

这么多年，合唱妈妈每天早上起来第一件事情就是给她讲昨天发生了什么，第二件事情就是送她去电视台上班。所幸台长是合唱的爸爸，合唱这名病人还可以任性地去上上班。

在去看黄大夫的途中，合唱一直嚷嚷着说头疼，说是妈妈坏了自己的好事，不然自己和旋律叙完旧就该签合同了。旋律握着合唱的手说："合同是要签的，先看大夫，乖。"

有那么一瞬间，合唱很恍惚，她觉得自己又恋爱了，和这位老同学。

黄大夫见今天合唱领了一位帅小伙子，以询问的目光看向合唱妈妈，她妈妈眼里满是期待的目光，说："是，是，就是他。"

黄大夫点点头，说："我知道了，我会尽力一搏，你先出去吧。"

黄大夫让合唱和旋律坐下，慢慢地给合唱催眠，待到合唱半醒半睡间，示意旋律开始缓缓说话。

旋律开始了："大学四年，都以为我们是两根互不相干的平行线，谁也不知道，我独自一人望着你的背影吹萨克斯，校园晚会上的每一曲都是送给你的。可是我不敢上前，我们没有恋爱。我们之间隔着城市姑娘和农村小伙那么俗的一个大洋。

"毕业那天，他们起哄说要表白，再不表白就死不瞑目了，我走过去拉着你的手，说我喜欢你，仙仙……"

仙仙，仙仙……合唱的手一下子抓紧了旋律的胳膊，眉头皱到一起，仙仙，仙仙……她听到旋律这么叫她，她脑海里的画面像是突然被点了播放键再也停不下来。

往事一幕幕清晰地浮现在眼前，合唱使尽浑身力气埋藏的记忆比以往任何时候都更加鲜活地涌现出来。她清楚地记得：

那天，面对旋律的表白，合唱说：傻了吧你，我不叫仙仙。旋律说：仙女一样的姑娘，怎么能不叫仙仙呢？

她更记得，妈妈手挡着门口叫嚷着：你没有房子没有车子，你没有房子没有车子。

最难忘的是左城开车载着自己在飙车，她兴奋地大喊大叫……就是车祸的那条路。合唱紧张地开始迷糊着说：“慢点慢点。”

合唱已经泪流满面，可还是一口咬定：“对不起，我什么都记不起来。”

黄大夫说：“小伙子，你不是喜欢写诗么，写一首给合唱试试看。”旋律早已经哽咽得不成样子，喃喃说道：

诗啊，我写了十本了。
每一本都叫同一个名字，
都在期待和你的重逢，
合唱，
潜伏十年，我只为再次爱你！

合唱哇地痛哭出声：

哪有什么懒惰性失忆啊，哪里有啊，这分明只是我一个人得的病。为何要治愈我，这不很好么？我念台本不会出错，我不知道左城他已经死去，我甚至还可以出门拉广告。我没有妨碍任何人的生活，我为什么要治愈呢？旋律，你为何要治愈我呢？

旋律旋律，你为何要再回来呢，物是人非，我们都不是十年前的自己了，我们不应该再见的。

黄大夫激动地出门，合唱妈妈贴在门上的脸已经泪流满面，浑身都在颤抖，而旋律上前抱住了合唱。

在潜伏了十年之后，旋律和合唱重逢，一切都是最好的安排。

这世间所有的相遇，都是久别重逢。

（7）

听说，在人生最好的青春年华里，有人拼搏、有人挥霍，也有人在犯错。

有些错误的前面是万丈深渊，是万劫不复，合唱姑娘就犯了这样一个错误，她承受不起流言也改变不了过去，以一个最笨的方式生活在现实的旋涡里。

听说，十几年的岁月，不算短，也不算长，如果用来爱一个人是远远不够的，旋律的这十年，韶光流尽，只有一个姑娘的身影闪闪发光。

听说，毕业后，梦想和爱情，常常被现实颠沛流离……可是，粉身碎骨之后，总会有一个人愿意牢牢牵着你的手，蹒跚前行。

还有什么要怕的呢。

05 · 最好的我们

我回武大了，在樱花差不多已经凋零的季节。

刻有“国立武汉大学”的大门已经重建，比原来的大一圈，我站在门口想拍个照片，络绎不绝的人们却始终不肯透个缝隙给我。

正端详着新大门呢，突然发现了远处拿着相机的你。真的是你么，你拨拉开人群，挥挥手朝我走来。

“你好，你好，能帮我给我和我女朋友合个影吗？”

哦哦，我这才反应过来，那不是你，而是比你我小了将近十岁的学弟，他和女朋友正双双微笑而期待地看着我。

我接过相机，透过镜头看到，男孩一只手揽住了女孩的腰，一只手把女孩的脑袋按到自己的肩膀上，女孩嗔怪假装反抗了一下，最后灿烂地笑了，笑容被我留在了镜头里。

那分明就是我们啊，七年、八年、九年、十年前的我们啊。

那时候，你穿着一件黑色的背心匆匆穿过校门，迎面撞上低头翻包找东西的我，我包里的卫生巾被撞落出来，我气急败坏，窘得快哭了，说："干吗啊你，你一定是故意的。"

你捡起卫生巾藏在身后，结结巴巴地说："我真不是故意的，我赔你。"

我说："不用你赔。"然后，生气地转身离开。

你在身后说："喂喂，我们是一个班的。"

"什么？一个班的？"我回头纳闷地看着你，端详着你，"我怎么没有印象呢？"

难怪，你小个子小平头小眼睛，没有一点特色，唯独一身肌肉让人印象深刻。

从那以后，我记住了你。

以后便总是这样那样这里那里地碰见你，从慢慢地看一眼到轻轻微笑一下再到开心地说声"嗨"最后到一起吃食堂一起打羽毛球。

当我发现自己的生活中你已经无处不在时，你就适时地表白了。你拉过我的手说，哎呀你这手相表明你缺男朋友，那就我来吧。

大一下学期的清明，著名的武大樱花盛开了。

就在那个前年被嫌弃老旧而拆掉的老“国立武汉大学”门前，有了我们的第一张合照。我还记得我穿着白衬衣蓝裙子，而你穿着红 T 恤牛仔裤，说是为了上相。

找了一个学姐帮我们合影，然后你和我肩并肩站到了门下，学姐扑哧一声笑了，逗你说：女朋友啊？能不能别这么拘谨？

于是你红着脸揽住了我的肩头，学姐还是喜滋滋地看着我们就是不肯举起相机，直到你又忽然开窍拿另一只手掰倒我的脑袋靠在你肩膀上，学姐才给了一声“咔嚓”。

和十年后的这个学弟不同的是，当时你揽住我肩头的手上都是汗，湿热的体温穿过衬衣，直达我的心跳，第一次和异性亲密接触的我也瞬间汗如雨下。

后来，我们聊起彼此的窘样，都会深情款款地再来一次拥抱，你说，还好遇到个好学姐，让你鼓起勇气把心里盘算了好久的事情做了。

夜晚，浑身是肌肉的你背着我穿过樱花大道，气喘吁吁地说，这样浪漫的事原来我也可以做。

我很开心，爱上了这片樱花，爱上了独一无二的你。

大二大三的樱花，我们一场都没有落下过，留下了各种各样的合影：有我啃着雪糕打着喷嚏的，也有你躺在地上给我抓拍的，还有一年一度的校门口合影。

可惜，大四来得太快，我很感谢武大自由上进的学习氛围，它让我们俩都具备了实现自我追求的能力，但我们又因为不同的梦想，开始有了分歧。

你的职业蓝图我已经烂熟于心，因为实在听你讲太多遍了。你一门心思地想去香港深造，而我却无法放弃挚爱的北京。

我是北方姑娘，没有理由地钟爱北京，就像现在的你钟爱深圳一样。

好几次试图说服对方的我们最后都不欢而散。

最后倔强的我拉起行李就去实习了，那时候才二月，刚刚开学，我们这一对同学们纷纷看好的恋人分开了。

我在大雪纷飞的北京赶着地铁，你在春意盎然的武汉埋头读书。

我换上了高跟鞋抹上了红嘴唇擦上了蓝眼影，你穿起了背心裤衩和大头拖鞋。

樱花开的三月，我等你叫我回去拍照，可是你没有。我忍不住买了车票赶回学校，想给你一个惊喜，才知道你已经去了香港面试，说不定正在迪士尼闲逛。

校园的每个角角落落，充满回忆，我举起相机拍樱花的手，越温柔越疼。

马上就要毕业了，我不想留遗憾，我租来了学士服，留下来属于我自己和樱花的纪念。

你回来后默默看了几眼，别的什么也没说，就说一句洗一张给我吧。

然后就毕业了。

谁也没说分手，就这么分开了。

……

十年啦，我再回武大，怎么能不去看看我们的教室。教室里面闹闹哄哄坐满了人，全是年轻稚嫩的面孔，青春洋溢的样子，一如当年的我们，却又不是当年的我们。

呵呵，真的是好心酸。

记得毕业两年后，你从香港毕业归来，也来逛过武大，你还传了照片给我呢。

那天北京下好大好大的雨，我刚刚被上司骂了个狗血淋头，打着伞一圈圈地在公司楼下走，鞋子衣服打湿了都无所谓。

职场并不像我想象中那么好混，为了那个更好的自己我竭尽全力，同时也筋疲力尽。

收到你发过来的教室图片，我心里的防线一下子断了，蹲在大雨里拨通你的电话，一遍又一遍地追问你：真的就这么算了么，就这样算了么，来北京吧来北京吧。

……

后来，哭累了，发现电话早已经挂断，公司也早已经下班，我抹了把脸，顶着花了的妆乘地铁回家，等待我的仍然是孤独。

我不怪你，也不怪时光，是我们没有笃定，才走散在茫茫人海。

那夜我给自己也给你写了一万多字的分手信，他们说爱情总得有个仪式：婚姻是一种，绝交是一种。

我用所有难听的话来描述我们的大学四年，我告诉你说樱花为什么是白色的，因为要为爱情出殡啊。

……

这一次，我也把我们的教室拍了下来传给你，说，教室里坐满了人，却不再是当年的我们。

没想到你很快就回复了我，还略带不开心。你说，别光顾着拍照，人多杂乱，看好了儿子。

是的，毕业两年后的那封长信没有成为绝交信，而成了你后来经常提起的一个笑柄。

你说，那年你在武汉的教室外坐着，听手机里传来我一阵一阵的痛哭声，十分痛心，你坐了清晨的飞机赶去北京，落地打开手机就读了我的绝交信。

你见到我的第一句话就是，樱花是白的，是因为它就是白的，别整一些乱七八糟的……有没有男朋友？没有的话，就还是我吧。

我惊掉了下巴，觉得你没必要这样，兜兜转转地浪费生命呢。

你说，没有兜兜转转，只是从头再来。

你说，花费心思才追来的我，怎么舍得丢掉？

你说，时间会让我们相爱，以弥补丢失的那两年。

后来，你把工作签在了北京，我只用了半个月的时间就想通了，重新和你在一起。

这不，儿子四岁了。

我们手拉手走过了漫长的岁月，我失业过，你失败过，我懊恼过，你遗憾过，不过，还好，一人一只手牢牢牵住儿子，再也不会走散了。

如今，我们定居在深圳，曾经你为我去了北京，今后我陪你守在深圳。

樱花开了，我申请休假，儿子大了，该带他去看看我们的青春足迹了。

……

你大概觉得自己的回复有些生硬，五分钟后，又补了一条：

教室里坐满了人，一定有从前的我们在里面。

我笑了。是的，一定有。

图书在版编目(CIP)数据

愿你不被生活辜负 / 钱饭饭著 . —南京 : 江苏凤凰文艺出版社 , 2016

ISBN 978-7-5399-9474-1

Ⅰ . ①愿… Ⅱ . ①钱… Ⅲ . ①故事 – 作品集 – 中国 – 当代 Ⅳ . ① I247.8

中国版本图书馆 CIP 数据核字 (2016) 第 159518 号

书　　名	愿你不被生活辜负
著　　者	钱饭饭
责任编辑	聂　斌　孙金荣
策划编辑	田　华　彭亭亭
特约编辑	田　华
文字校对	郭慧红
封面插图	木　言
封面设计	仙境工作室
摄影插图	李　森
出版发行	凤凰出版传媒股份有限公司 江苏凤凰文艺出版社
出版社地址	南京市中央路 165 号，邮编：210009
出版社网址	http : //www.jswenyi.com
经　　销	凤凰出版传媒股份有限公司
印　　刷	河北鸿祥印刷有限公司
开　　本	880 毫米 ×1230 毫米 1/32
印　　张	9
字　　数	170 千字
版　　次	2016 年 8 月第 1 版 2016 年 8 月第 1 次印刷
标准书号	978-7-5399-9474-1
定　　价	33.00 元

FONGHONG
凤凰联动出品